Antologia do
Fase

Antologia dos Poetas Brasileiros:
Fase Parnasiana

Por:
Manuel Bandeira

EDITORA
NOVA
FRONTEIRA

© Direitos da publicação gentilmente cedidos pela Ediouro S.A.

EDITORA NOVA FRONTEIRA S.A.
Rua Bambina, 25 – Botafogo
CEP: 22251-050 – Rio de Janeiro – RJ – Brasil
Tel.: 537-8770 – Fax: 286-6755
Endereço telegráfico: NEOFRONT

Preparação de originais
Maria Angela Villela

Revisão tipográfica
Maria José de Sant'Anna
Ana Lúcia Kronemberger
Sérgio Soares Bellinello

CIP–Brasil. Catalogação-na-fonte
Sindicato Nacional dos Editores de Livros, RJ.

A637   Antologia dos poetas brasileiros: poesia da fase parnasiana / organização Manuel Bandeira; — Rio de Janeiro: Nova Fronteira, 1996
— (Antologia dos poetas brasileiros)

ISBN 85-209-0717-2

1. Antologias (Poesia brasileira) 2. Parnasianismo – Brasil. 3. Poetas brasileiros. I. Bandeira, Manuel, 1886-1968. II. Série.

96-1111   CDD-869.91008
                                          CDU-869.0(81)-1(082)

Nota editorial

De entre os grandes poetas brasileiros, poucos, como Manuel Bandeira, reuniram tão completamente os predicados de grande entendedor da poesia, essa habilidade quase tão rara e complexa quanto a criação ativa da mesma. Senhor de uma completa formação humanística, conhecedor erudito de diversas literaturas e mestre irretocável da própria língua, sua atividade crítica resultou em obras tão significativas quanto a *Apresentação da poesia brasileira*, *Noções de história das literaturas* ou *Poesia e vida de Gonçalves Dias*.

Entre as muitas edições que preparou, como as dos poemas de Alphonsus de Guimaraens e de José Albano, especial destaque tiveram as antologias dos poetas brasileiros da fase romântica, parnasiana e simbolista, bem como a dos poetas bissextos, obra original e nunca repetida entre nós.

Toda a antologia, é sabido, carrega as suas limitações. O ponto impalpável onde a compreensão crítica cede terreno ao gosto pessoal; a impossibilidade da leitura total de todos os poetas de uma determinada fase; o ocultamento, por equívoco ou desatenção, de determinados valores reais; a supervalorização de outros, por motivos extra-estéticos, etc. são alguns dos principais riscos a que toda antologia se expõe. Com ou sem eles, as antologias são absolutamente necessárias, e não se pode esperar maior garantia da redução desses riscos ao mínimo que a sua organização por parte de um poeta da sensibilidade e do bom senso de Manuel Bandeira.

Conserva-se, além disso, através de todas as grandes antologias de determinada literatura, uma história dos gostos, das idéias e do pensamento estético das sucessivas gerações, o que não é de maneira alguma de secundária importância. É pensando em todos esses fatores que a Nova Fronteira tem a satisfação de devolver ao público leitor as quatro principais antologias organizadas por Manuel Bandeira, reunião de muitos momentos culminantes da poesia brasileira e da acuidade crítica do grande poeta.

ALEXEI BUENO

Prefácio

A reação contra o Romantismo remonta entre nós aos últimos anos da década de 60. A chamada "escola coimbrã", a publicação da *Visão dos tempos* e das *Tempestades sonoras* de Teófilo Braga (1864) e das *Odes modernas* de Antero do Quental (1865) tiveram aqui o seu eco em poemas onde era manifesta a intenção de fugir às sentimentalidades do lirismo puramente amoroso. A partir de 70, a reação procura organizar-se doutrinariamente na poesia científica ou filosófica de Sílvio Romero, Martins Júnior, Aníbal Falcão, Prado Sampaio, e outros. Logo depois, ao lado dessa corrente, surgida ao norte, em Pernambuco, aparecia ao sul, em São Paulo e no Rio, outra que se pretendia sobretudo realista. Até o momento de se firmar definitivamente o prestígio de mestres, de Alberto de Oliveira com os *Sonetos e poemas* (1886), de Raimundo Correia com os *Versos e versões* (1887) e de Olavo Bilac com as *Poesias* (1888), "realismo" é palavra de combate mais comum na boca da nova geração para a qual o Romantismo já era um mundo morto.

Em 78 se trava pelas colunas do *Diário do Rio de Janeiro* a "Batalha do Parnaso". Não se entenda aqui "Parnaso" como sinônimo de Parnasianismo. A batalha chamou-se do Parnaso porque os golpes se desfechavam em versos (aqui sempre incorretos, na gramática e na metrificação, segundo os cânones parnasianos posteriores). Esse termo de parnasiano não aparece no artigo "A nova geração", publicado em 79 por Machado de Assis na *Revista Brasileira*; não aparece nem nos prefácios nem nas críticas senão pelos meados da década de 80. Tive o cuidado de rastreá-lo nas revistas e jornais do tempo, e fui encontrá-lo pela primeira vez numa nota crítica de Alfredo de Sousa sobre um livro de versos de Francisco Lins. "Os românticos", dizia o crítico-poeta, "não suportam os parnasianos porque não os entendem. Coitados! pensam que a alma humana é só o sentimento e a lágrima, e não falam, porque não ouvem com certeza, da música, da rima, da harmonia do metro, da variação das vogais, da escolha dos vocábulos, de tudo enfim que seria longo dizer e que, dando ao verso som, forma, movimento, cor, vida real mais que humana, cria essa coisa inefável e sublime que se chama — Poesia." (*A Semana*, 6 de fevereiro de 1886.) Essa data de 86 marca, com a publicação dos *Sonetos e poemas* de Alberto de Oliveira, a cristalização do movimento anti-romântico em moldes chamados parnasianos porque os seus orientadores vitoriosos se reclamavam dos parnasianos franceses. Até então não se falava de Parnasianismo: falava-se sempre e muito era de "Realismo", "Nova Idéia", "ciência", "poesia social".

Algumas transcrições da "Batalha do Parnaso" darão idéia do espírito do movimento em 78.

"A poesia de hoje, a que chamam realista,
Uma causa defende   a causa da Justiça,
E no seu combater arvora uma conquista:
    É a do direito, sempre impávido na liça.

A poesia de ontem, de Abreus e Varelas,
Coberta com o véu do triste idealismo,
Só fazem-nos do amor as mórbidas querelas,
Sem olhar que a nação caminha para o abismo.

O moderno ideal por sol tem as ciências
    Que as sendas iluminam;
O velho só tem flor, extratos e essências,
    Passarinhos que trinam...
É tempo de cairdes, romantismo,
Insonso, frio, lívido lirismo.
Levantai-vos, Fontoura e Azevedo,
Lins, Patrocínio, sem mostrardes medo,
Para acabar os líricos chorões..."

Assim escrevia, muito pouco parnasianamente, Arnaldo Colombo no nº de 16 de maio do *Diário do Rio de Janeiro*. No dia seguinte era Valentim Magalhães que zurzia o Romantismo em nome da Idéia Nova. Em 12 de maio um poeta que se escondia sob o pseudônimo de "Seis estrelas do Cruzeiro" derramava-se nesta versalhada:

> "Eu tenho horror à musa amante das Ofélias.
> À musa que inspirais o *moço* do Farani,
> À musa almiscarada, à musa Frangippane,
> De cabeleira solta e faces de camélias.
> Não posso suportar o terno romantismo,
> A estrofe miudinha, o perfumoso ritmo.
> Não tenho na estante a triste *Nebulosa*,
>   As *Falenas* do Assis...
> Bardos, vinde, chegai de ambos os pólos,
> Que nós do realismo   os da moderna idéia,
> Havemos de, à luz da esplêndida epopéia,
>   Encher os vossos colos."

Os ataques eram às vezes ferinos. Assim, este assinado Erckmann-Chatrian, no nº de 13 de maio:

> "Viveis desse ideal nevrálgico de Onã:
> Nós, desse amor febril e lúblico de Pã.
> Sonhais a Virgem Santa, e nós Marion Delorme!"

O mesmo escárnio se repete no nº de 18 do mesmo mês, numa sátira intitulada "Romântico":

> "Não pode ainda casar
> Com sua *pálida Elvira*:
> Se ele não tem o que dar!
> Se vive de tocar lira!"

De Artur Barreiros, no nº 15 de maio:

> "O romantismo é isto: uns astros invisíveis,
> Uns anjos ideais... a divindade em Cristo...
>
> ...O velho romantismo
> Entende inda viver à luz do realismo..."

Como falavam os românticos?
Em 8 de maio escrevia "Quatro estrelas do Cruzeiro":

> "Poetas da Paulicéia,
> A musa da Nova Idéia
> Tem tomado surra feia.
>   Que praga!
> Se lhe não trazeis auxílio,
> A escolha que fez *Basílio*
> E que baniu o idílio
>   Naufraga."

"Flor de Lis" verseja em 11 do mesmo mês:

> "Em vão, ó musa suavíssima,
> As lufadas do realismo
> Tentam lançar sobre o abismo
> Os teus ideais em flor!
>
> Dizem-te anêmica e histérica,
> Pífia, vil, sensaborona;
> Que és a musa da sanfona
> Das reles canções de amor."

Artur de Oliveira, que de volta de Paris, onde freqüentou os mestres parnasianos, exerceu enorme fascinação sobre as rodas literárias, para as quais foi sem dúvida o revelador da corrente já dominante em França, Teófilo Dias, Artur Azevedo, Fontoura Xavier, Valentim Magalhães e Alberto de Oliveira tomaram parte na "Batalha do Parnaso", o último sob os pseudônimos de "Lírio Branco" e "Atta Troll", segundo declarou em entrevista concedida a Prudente de Morais, neto (*Terra roxa e outras terras*, n° de setembro de 1926). Alberto de Oliveira enganou-se nessa entrevista quando datou a "Batalha do Parnaso" de 1880 a 1882. As influências da escola coimbrã a que nos referimos atrás foram confessadas pelo poeta fluminense, a par da influência do naturalismo, "cujo verdadeiro introdutor no Brasil" foi o campineiro Tomás Alves Filho, que também formou na "Batalha do Parnaso" sob o pseudônimo de Hop Frog, e das "Miniaturas" de Gonçalves Crespo.

Em "A nova geração", Machado de Assis estuda a poesia de Carvalho Júnior, Teófilo Dias, Afonso Celso, Fontoura Xavier, Valentim Magalhães, Alberto de Oliveira, Mariano de Oliveira, Sílvio Romero, Lúcio de Mendonça, Francisco de Castro, Ezequiel Freire, Artur Azevedo e Múcio Teixeira, e, embora reconhecendo haver na geração "uma inclinação nova nos espíritos, um sentimento diverso do dos primeiros e segundos românticos", afirma não discernir "uma feição assaz característica e definitiva no movimento poético". Uma crença comum a todos esses novos: o Romantismo era coisa morta. Como disse Machado de Assis, "esta geração não se quer dar ao trabalho de prolongar o ocaso de um dia que verdadeiramente acabou". E o mestre dava-lhes razão: "Eles abriram os olhos ao som de um lirismo pessoal, que, salvas as exceções, era a mais enervadora música possível, a mais trivial e chocha. A poesia subjetiva chegara efetivamente aos derradeiros limites da convenção, descera ao brinco pueril, a uma enfiada de coisas piegas e vulgares." Seu atilado senso crítico soube, no entanto, distinguir o "cheiro a puro leite romântico" que havia nos poetas que em 79 combatiam a grande moribunda que os gerava.

Na *Revista de Ciências e Letras* de S. Paulo, dirigida pelos acadêmicos de Direito Raimundo Correia, Alexandre Coelho, Randolfo Fabrino e Augusto de Lima, escrevia este último em 11 de agosto de 1880: "Aquela geração pujante de poetas românticos" (falava de Goethe, Byron, Lamartine, Mickiewicz, Victor Hugo, Schiller, Oelenschlaeger) "desaparecera sem descendência. A poesia foi-se pouco e pouco degenerando num sentimentalismo exagerado, que não tardou em tornar-se piegas e balofo..." E a essa poesia dessorada opunha o articulista "os *Poemas filosóficos* de Louise Ackermann, a *Epopéia terrestre* de Lefévre, as obras gigantescas de Leconte de Lisle e as *Odes modernas* de Antero do Quental."

Em 1881, Alberto de Oliveira ainda fazia versos como estes, que apareceram em *A Gazetinha* de 1º de fevereiro:

> "Tens vinte anos talvez;
> Mas pelo encarnado lindo
> De rosa que vai se abrindo,
> Não dão-te mais do que dez."

As *Fanfarras* de Teófilo Dias surgiram em 1882, e com esse livro o movimento anti-romântico começa a se definir no espírito e na forma dos parnasianos franceses, já esboçados em alguns sonetos de Carvalho Júnior, falecido em 79, Machado de Assis, criticando as *Fanfarras* pela revista *A Estação*, nº de 15 de junho de 82, assinala a influência de Baudelaire, mas a palavra "parnasiano" não aparece ainda. Em *A Gazetinha* de 24-25 de abril, U. (provavelmente Urbano Duarte) julga os novos versos de Teófilo Dias inspirados em Hugo, Leconte de Lisle, Baudelaire, Banville, Coppée, Musset e Junqueiro.

Nesse ano de 82 é em *A Gazetinha* que vamos encontrar uma como continuação da "Batalha do Parnaso".

> "Morto! morto! desgraça! é morto o Romantismo!"

exclama em alexandrinos o sr. Tomás Delfino no n° de 11 de janeiro.

No n° de 20-21 de fevereiro, Raimundo Correia publica o soneto "No salão do conde", incluído neste volume, e no qual se fala de um certo Barreto, bardo romântico, que talvez seja o poeta dos *Vôos icários*, Rosendo Muniz Barreto, pois no n° de 4 de março vem uma longa "Epístola ao bardo Muniz", do mesmo Raimundo Correia, toda em redondilhas esdrúxulas:

> "Larga essa lira caquética!
> Ouve e desculpa esta epístola,
> Ó professor de dialética!
> "Larga essa lira caquética!
>
> Por que antes não curas hética,
> Pústula, escrófula e fístula?
> Larga essa lira caquética,
> Ouve e desculpa esta epístola!"

Nesse momento os românticos mais visados pelos partidários da Idéia Nova são Rosendo Muniz e Melo Morais Filho. Deste último diz Silvestre de Lima no n° de 3-4 de fevereiro de *A Gazetinha*: "Seus sentimentos fracos são incompatíveis com a alma moderna, ávida de impressões violentas e de expansibilidades nervosas." No n° de 12 de março, L. Gonzaga Duque Estrada fala em realismo atacando Rosendo Muniz.

Nesse longo evolver da Idéia Nova para as formas parnasianas o primeiro marco importante foi, como já dissemos, as *Fanfarras* de Teófilo Dias. O segundo e o terceiro são as *Meridionais* (1883) e os *Sonetos e poemas* (1886) de Alberto de Oliveira. O quarto são os *Versos e versões* (1887) de Raimundo Correia. Bilac, que nessa época tem 22 anos, escreve sobre o livro de Raimundo em *A Semana* de 20 de agosto de 87: "Raimundo Correia com os *Versos e versões* e Alberto de Oliveira com os *Sonetos e poemas* marcaram definitivamente a nova fase da poesia brasileira e assinalaram a direção que de hoje em diante será seguida por todos os poetas que se lhes sucederem. São dois parnasianos os reformadores..."

Mas é o próprio Bilac que completa, em 1888, com a publicação de suas *Poesias*, o triunfo assinalado naquelas suas palavras. Alberto de Oliveira e Raimundo Correia haviam pecado abundantemente contra o rigor parnasiano nos seus primeiros livros: Machado de Assis assinalou-o nos seus prefácio e notas críticas, e é muito provável que na correção gramatical que passou a distinguir os três grandes parnasianos tenha entrado muito a influência de Machado de Assis, gramaticalmente correto desde a sua estréia com as *Crisálidas*.

As *Poesias* de Bilac lograram enorme êxito. Era a vitória da nova técnica aqui praticada sem uns tantos excessos de rigidez formal (termos peregrinos, *enjambements* e inversões) que apareciam com freqüência nos novos poemas de Alberto de Oliveira. Se a primeira parte, "Panóplias", traía na "Profissão de fé" e nos longos poemas descritivos a influência dos parnasianos franceses, a segunda e a terceira, "Via-Láctea" e "Sarças de fogo", revelavam outra fonte de lirismo mais próximo e aparentado ao nosso: a dos grandes mestres portugueses. Em especial Bocage. Pode-se dizer que Bilac e Raimundo Correia, se quebraram o fio romântico da nossa poesia, foi integrando-a no velho lirismo português que vem desde os cancioneiros.

Em 8 de outubro de 88, R. (talvez Raimundo Correia) escreve na *Gazeta de Notícias*: "Olavo Bilac não é um parnasiano, embora pareça dizê-lo a "Profissão de fé" com que abre o volume: 'Invejo o ourives quando escrevo...' Tem a forma fácil e a inspiração ardente, traços que o removem para longe da escola dos *Émaux et Camées*. Seria até um atrasado, se houvesse datas para o talento, porque, como não tem a impassibilidade parnasiana, não tem do mesmo modo a tortura da concepção que caracteriza os modernos sentimentalistas franceses."

Pelo jornal *Novidades*, nº de 10 de outubro, M. A. (de certo Machado de Assis) classifica o poeta entre os parnasianos: "...é um parnasiano e parnasiano de uma definida espécie: a sua ambição consiste em exprimir o pensamento por uma forma correta e elegante. A harmonia fica no segundo plano. A correção domina essencialmente. É-lhe preciso o termo justo, a palavra adequada e precisa, que diga perfeita, mas unicamente, o que há-de ser dito. Este é o esquema do seu *processus*."

"Parnasiano incontestável", escreve também Araripe Júnior no nº de 18 de outubro do mesmo jornal. "Ao asiático do Romantismo, ele, como todos os seus companheiros de armas, substitui o ático do Realismo..."

A etiqueta de "parnasiano" suscitou controvérsias desde os primeiros momentos, não só aqui como também em França. Os poetas que chamamos parnasianos não se ajustam ao conceito de impassibilidade com que se definiu o vocábulo. O que eles combatiam era, como disse Leconte de Lisle no discurso de recepção na Academia Francesa, "o uso profissional e imoderado das lágrimas" que "ofende o pudor dos sentimentos mais sagrados".

Como caracterizar a poesia dos nossos parnasianos? Será fácil discerni-la nos poemas escritos em alexandrinos. Mas nos outros metros tradicionais na língua portuguesa, e sobretudo nos decassílabos, o que separa um parnasiano de um romântico aproxima-o dos clássicos. Quanto ao fundo mesmo, a diferença dos parnasianos em relação aos românticos está na ausência não do sentimentalismo, que sentimentalismo, entendido como afetação de sentimento, também existiu nos parnasianos, mas de uma certa meiguice dengosa e chorona, bem brasileira aliás, e tão indiscretamente sensível no lirismo amoroso dos românticos. Esse tom desapareceu completamente nos parnasianos, cedendo lugar a uma concepção mais realista entre os dois sexos. O lirismo amoroso dos parnasianos foi de resto condicionado pelas transformações sociais. Com a extinção da escravidão, acabou-se também em breve o tipo da "sinhá", que era a musa inspiradora do lirismo romântico, e a moça brasileira foi perdendo rapidamente as características adquiridas em três séculos e meio de civilização patriarcal. Nas imagens também os parnasianos se impuseram uma rígida disciplina de sobriedade, de contigüidade. Repugnava-lhes a aproximação de termos muito distantes, assim como toda expressão de sentido vagamente encantatório, elementos que encontramos na poesia de Luís Delfino e B. Lopes, os quais, a despeito de sua métrica parnasiana, escandalizavam um pouco, pela presença daqueles elementos, o gosto um tanto estreito de Alberto de Oliveira, Bilac e Raimundo Correia e seus discípulos e epígonos. O hermetismo de um Mallarmé era de todo impenetrável e inaceitável para eles. Em 88, lia-se em *Novidades*, jornal dirigido por Alcindo Guanabara: "Os senhores sabem o que vem a ser a escola decadente na poesia atual da França?" Seguia-se a transcrição do soneto "*Le Tombeau d'Edgard Poe*", comentado depois nestes termos: "Se entre os leitores deste soneto houver quem goste de decifrar enigmas, recebemos com muito gosto a significação dessas palavras que aí ficam numa língua que já não é, ou que ainda não é, a bela língua de Racine."

Quanto à forma, doutrinaram e praticaram os mestres parnasianos o mesmo ideal de clareza sintática, de conformismo às gramáticas portuguesas. Essa concepção simplista do idioma levou Bilac a alterar, numa conferência pronunciada na Academia Brasileira, um verso de Gonçalves Dias.

> "Possas tu, descendente maldito
> De uma tribo de nobres guerreiros,
> Implorando cruéis forasteiros,
> Seres presa de vis Aimorés."

Bilac, julgando errado o "possas tu... seres", emendou o último verso para "Ser o pasto de vis Aimorés" (*Conferências literárias*, 2ª edição, Livraria Francisco Alves, Rio, 1930, p. 12).

A métrica dos parnasianos, jamais infiel à sinalefa (nunca disseram "a água", "o ar", contando o artigo como sílaba métrica, a exemplo de Camões, que desse hiato tirou muita vez grande efeito) e praticando quase sistematicamente a sinérese, ganhou em firmeza, perdendo em fluidez. Foi esse processo que deu à poesia parnasiana aquele caráter escultural, censurado por Lúcio de Mendonça nos versos dos *Sonetos e poemas* de Alberto de Oliveira, quando escreveu em *A Semana* de 13 de fevereiro de 86: "A poesia impassível é a redução da mais rica e poderosa das belas-artes às condições de uma das mais pobres — a estatuária." Nesse ponto pode-se dizer que Raimundo Correia e Vicente de Carvalho foram muito mais artistas que Alberto de Oliveira e Bilac. A métrica daqueles, com ser igualmente precisa, é muito mais rica e sutil, muito mais musical do que a destes. Usaram ambos do hiato interior com fino gosto. Lembrem-se do verso das *Sinfonias*: "A toalha friíssima dos lagos..." Em notas no fim deste volume faremos alguns comentários sobre a técnica dos octossílabos, dos decassílabos e dos alexandrinos nos mestres parnasianos. A estes, porém, não se deve fazer carga de certos defeitos que apareceram mais tarde nos discípulos e acarretaram o descrédito da escola, em especial a rima rica. Os nossos subparnasianos quiseram imitar a riqueza de rimas dos mestres franceses. Mas não havendo entre nós a tradição da rima com consoante de apoio (Goulart de Andrade tentou introduzi-la já no crepúsculo do Parnasianismo), lançaram mão da rima rara. A rima rica francesa não implica o sacrifício da simplicidade vocabular: ela se pode obter com as palavras de uso comum. A rima rara portuguesa é quase sempre um desastre. Não há uma poesia sequer de Emílio de Meneses que não esteja irremediavelmente prejudicada por esse rico ornato de péssimo gosto.

Só incluímos nesta antologia os poetas nascidos até 1874, isto é, os poetas que começaram a versejar mais ou menos parnasianamente antes do advento do Simbolismo (*Broquéis* de Cruz e Sousa, 1893). A nossa intenção aqui foi fixar a fase realmente renovadora e criadora do Parnaso. Ao lado de Luís Delfino e Machado de Assis, românticos passados a parnasianos, pusemos, a título de precursor, a figura de Carvalho Júnior, cujos poucos sonetos traem a influência de Baudelaire. Dele disse Machado de Assis "que era poeta e de raça. Crus em demasia são os seus quadros; mas não é comum aquele vigor, não é vulgar aquele colorido", embora se mostrasse a sua poesia "sempre violenta, às vezes repulsiva, priapesca, sem interesse".

B. Lopes é classificado na *Pequena história da literatura brasileira* de Ronald de Carvalho entre os simbolistas. Pendemos mais para o juízo de Sílvio Romero no estudo "A literatura", *Livro do centenário*, Imprensa Nacional, Rio, 1900, p. 109: "De tudo evidencia-se não dever ser o lugar do poeta dos *Brasões* entre os simbolistas. É apenas transição para eles; seu posto mais exato deverá ser entre os parnasianos." As notas simbolistas são de fato escassas e superficiais em B. Lopes: a grande maioria dos seus poemas revelam indisfarçavelmente o gosto da perfeição formal parnasiana. Mas ele sabia fazer cantar os belos vocábulos num lirismo alumbrado de que só foi capaz, entre os parnasianos, Raimundo Correia, e isso mesmo uma vez apenas, no "Plenilúnio". Isso, porém, tanto o aparenta, a ele e a Luís Delfino, aos simbolistas, como a Castro Alves, o romântico daqueles versos:

> "Vem formosa mulher, camélia pálida
> Que banharam de pranto as alvoradas!"

Vai decerto chocar muitos leitores o fato de incluirmos aqui o brasileiro naturalizado Filinto de Almeida e excluirmos o brasileiro nato Gonçalves Crespo. Tenho que este pertence literariamente ao movimento português, ao passo que aquele pertence ao nosso, onde combateu ombro a ombro com os renovadores da nossa poesia.

Difícil é alinhar os nomes dos poetas aqui aparecidos sob o signo parnasiano e por ele influenciados. Os livros da nossa história literária atestam a dificuldade da classificação. Basta dizer que José Veríssimo e Ronald de Carvalho não mencionam sequer o nome de Vicente de Carvalho, grave omissão, pois o poeta paulista merece ficar, e ficará, ao lado de Alberto de Oliveira, Raimundo Correia e Bilac. Sílvio Romero, que o menciona apenas no *Livro do centenário*, omitiu-o na *Evolução da literatura brasileira*, que é de 1905. Por outro lado, classifica o crítico sergipano Afonso Celso entre os parnasianos, ao lado de Teófilo Dias, Raimundo Correia, Olavo Bilac, Alberto de Oliveira, Artur Azevedo, João Ribeiro, Adelino Fontoura, Guimarães Passos, Rodrigo Otávio, Magalhães de Azeredo, Mário de Alencar, Luís Guimarães Filho, Paulo de Arruda e Osório Duque-Estrada, e dá como divergentes mais ou menos pronunciados do Parnasianismo Luís Murat, Múcio Teixeira, Emílio de Meneses (sim, Emílio de Meneses!), Teotônio Freire, França Pereira, João Barreto de Meneses...

Lendo as revistas, jornais e almanaques do tempo (*A Semana*, *O Besouro*, *Revista de Ciências e Letras*, *A Vespa*, *A Estação*, *Revista Brasileira*, *A Gazetinha*, o *Diário do Rio de Janeiro*, a *Gazeta de Notícias*, o *Novidades*, o almanaque da *Gazeta de Notícias*...) encontramos os nomes de Silva Ramos, Jaime Sertório, Soares de Sousa Júnior, Bento Ernesto Júnior, Artur Lobo, Demóstenes de Olinda, Silva Tavares, Luís Rosa, Alcides Flávio, Temístocles Machado, Júlio César da Silva, Ulisses Sarmento, Antônio Sales, Damasceno Vieira, Virgílio Várzea, Ernesto Lodi, Artur Mendes, João Saraiva, João Andréia, Alfredo de Sousa, Henrique de Magalhães, Faria Neves Sobrinho, Narcisa Amália, Plácido Júnior, Paula Ney, Pardal Mallet, Brito Mendes, Zalina Rolim, Júlia Cortines, Gervásio Fioravanti, Lucindo Filho, Sabino Batista, Figueiredo Pimentel, Ramos Arantes, Paulo de Assis, Severiano de Resende, Vítor Silva, Xavier da Silveira Júnior, Oscar Maleagro, Alberto Silva, Castro Rebelo Júnior, Alfredo Leite, Artur Duarte, Leôncio Correia, Afonso Melo, Bernardo de Oliveira, Oscar Rosas, Carlos Coelho, Oliveira e Silva, Medeiros e Albuquerque, Alcindo Guanabara, Eduardo Ramos, Constâncio Alves, Emiliano Pernetta, Mário Pederneiras, Mário de Alencar... Alguns desses nomes vão figurar com brilho no movimento simbolista; outros se tornaram ilustres em outros domínios que não os da poesia. Haverá entre eles muita figura indecisa entre românticos e parnasianos.

Rio, novembro de 1937.

MANUEL BANDEIRA.

Luís Delfino
(1834-1910)

Cadáver de Virgem

Estava no caixão como num leito,
Palidamente fria e adormecida;
As mãos cruzadas sobre o casto peito,
E em cada olhar sem luz um sol sem vida.

Pés atados com fita em nó perfeito,
De roupas alvas de cetim vestida,
O torso duro, rígido, direito,
A face calma, lânguida, abatida...

O diadema das virgens sobre a testa,
Níveo lírio entre as mãos, toda enfeitada,
Mas como noiva que cansou da festa...

Por seis cavalos brancos arrancada,
Onde vais tu dormir a longa sesta
Na mole cama em que te vi deitada?

(*Algas e musgos*, Pimenta de Melo & Cia.,
Rio de Janeiro, 1927, v. I, p. 82.)

CAPRICHO DE SARDANÁPALO

"Não dormi toda a noite! A vida exalo
Numa agonia indômita e cruel!
Ergue-te, ó Radamés, ó meu vassalo!
Faço-te agora amigo meu fiel...

Deixa o leito de sândalo... A cavalo!
Falta-me alguém no meu real dossel...
Ouves, escravo, o rei Sardanapalo?
Engole o espaço! É raio o meu corcel!

Não quero que igual noite hoje em mim caia...
Vai, Radamés, remonta-te ao Himalaia,[1]
Ao sol, à lua... voa, Radamés,

Que, enquanto a branca Assíria aos meus pés acho,
Quero dormir também, feliz, debaixo[2]
Das duas curvas dos seus brancos pés!..."

(Ibidem, p. 151.)

O ANJO DA FÉ

Primeiro hão de correr
Para trás rios e mar,
Nas cousas discórdia haver
Que a mim me falecer
Desejo de inda a gozar.

BERNARDIM RIBEIRO — ÉGLOGAS

Sonho de amor, estrela peregrina
Por céus onde se azula a primavera,
Rosa ideal de um Éden, que imagina
Quem se refoge na mais alta esfera,

---

[1] O poeta contou uma sílaba só em "te ao Hi".
[2] *Acho, debaixo*: vide nota no fim do volume: Olavo Bilac 2.

Sombra de luz que me segreda: "Espera!"
Mão que atravessa abismos e se inclina,
Trazendo a transbordar cheia a cratera
De uma bebida cálida e divina;

Cimos que busco, cimos que não vejo,
Eu para vós adejo... adejo... adejo...
Sois tão longe, eu bem sei; tão longe! embora:

O Anjo da Fé murmura-me: "Caminha..."
E eu digo: — "Vem, ó tu, que hás-de ser minha;
Porque tardas assim? Que te demora?..."

(*Ibidem*, p. 69-70.)

MULHER TRISTE

Quando ela passa como um sol ou lua
Rasgando o fundo azul do firmamento,
Sinto em torno de mim o irradiamento
De alguma cousa leve que flutua...

Um leve estremecer de carne nua...
Um ruído de vida sonolento...
Um barulho de rosas... e o contento
Dos lírios brancos pela espádua sua.

E o ambiente de aroma em que ela nada!?
E a nesga azul na pálpebra pousada
A espremer-lhe no olhar clarões de aurora!?

Mas tudo, tudo, imerso em funda mágoa...
Parece, como a estrela dentro d'água,
Que é dentro de uma lágrima que mora...

(*Ibidem*, p. 76.)

In Her Book

Ela andou por aqui, andou: primeiro,
Porque há traços de suas mãos; segundo,
Porque ninguém como ela tem no mundo
Este esquisito, este suave cheiro!...[1]

Livro, de beijos mil teu rosto inundo,
Porque pousaste sobre o travesseiro
Onde ela dorme o seu dormir ligeiro
Como sono de estrela em céu profundo.

Trouxeste dela o olor de uma caçoula,[4]
A luz que canta, a mansidão da rola[5]
E esse estranho mexer de etéreos ninhos...

Ruflos de asas, amoras dos silvedos,
Frescuras de água, sombras e arvoredos,
Dando seca aos rosais, pelos caminhos...

(Íntimas e aspásias, Irmãos Pongetti, Rio de Janeiro, 1935, p. 11.)

Os Seios

Nunca te vejo o peito arfar de enleio,
Quando de amor ou de prazer te ebrias,
Que não ouça lá dentro as fugidas
Aves, baixo alternando algum gorjeio...

---

[1] Estava: "Este suave, este exquisito cheiro". Vai como está na cópia que me foi fornecida pelo sr. Tomás Delfino.

[4] Estava "ó bela", em vez de "dela", que é como veio em *A Semana*, ano I, nº 5, de 31 de janeiro de 1885.

[5] *Caçoula, rola*: vide nota no fim do volume: Olavo Bilac 2.

Aves são, e são duas aves, creio,
Que em ti mesma nasceram, e em ti crias,
Ao arrulhar de castas melodias,
No aroma quente e ebúrneo do teu seio;

Têm de uns astros irmãos o movimento,
Ou de dois lírios, que balouça o vento,
O giro doce, o lânguido vaivém.

Oh! quem me dera ver no próprio ninho
Se brancas são, como o mais branco arminho,
Ou se asas, como as outras pombas, têm..."

(Ibidem, p. 76.)

DEPOIS DO ÉDEN

Quando a primeira lágrima, caindo,
Pisou a face da mulher primeira,
O rosto dela assim ficou tão lindo
E Adão beijou-a de uma tal maneira,

Que anjos e tronos, pelo espaço infindo,
— Como uma catadupa prisioneira —
As seis asas de luz e de ouro abrindo,
Rolaram numa esplêndida carreira...

Alguns, pousando à próxima montanha,
Queriam ver de perto os condenados
De dor transidos, na agonia estranha...

E ante o fulgor dos beijos redobrados
Todos pediam punição tamanha,
Ansiosos, mudos, trêmulos, pasmados...

(Coletânea de sonetos de amor, Renato Travassos,
Rio de Janeiro, 1932, p. 29.)

" Vide nota no fim do volume: Luís Delfino.

UBI NATUS SUM

Na rua Augusta, em Santa Catarina,
A cama em cima de uns pranchões de pinho
Aí nasci. Foi este o humilde ninho [1]
De uma criança mórbida e franzina.

No fundo de uma loja pequenina,
O lençol branco a arder na luz do linho,
De minha mãe, daquela mãe divina,
Tive o primeiro tépido carinho.

Meu pai foi sempre a honra em forma humana.
Tinha a virtude máscula, romana:
Não era austero só, — era feroz.

Trabalhava incessante noite e dia.
Como um leão seu antro defendia,
E era uma pomba para todos nós!

(*Diário do Comércio*, Rio de Janeiro,
9 de março de 1909.)

SÓS

Deixemos pó, rumor, luxo às cidades:
Ninguém saiba onde eu moro, onde tu moras:
No campo, longe, unindo as nossas horas,
Unam-se as nossas duas mocidades.

Nossa paixão tem loucas ebriedades,
Cantos, que em si contêm nascer de auroras,
Que em si ruflam canções de asas sonoras,
E idílios cheios de imortalidades.

---

[1] Estava "foi aí" em vez de "foi este". Preferi esta variante que li em jornal ou revista do tempo.

O nosso amor é simplesmente humano:
Dura um instante, ou dois, um dia, um ano:
Pode ainda durar a vida inteira...

De nossa alma amorosa essência pura,
Quem sabe o tempo que uma essência dura,
E o tempo que inda o frasco exausto cheira?...

(Do livro inédito *Imortalidades*, "Livro de Helena",
cópia fornecida pelo sr. Tomás Delfino.)

Machado de Assis

(1839-1908)

Círculo Vicioso

Bailando no ar, gemia inquieto vaga-lume:
— "Quem me dera que fosse aquela loura estrela,
Que arde no eterno azul, como uma eterna vela!"
Mas a estrela, fitando a lua, com ciúme:

— "Pudesse eu copiar o transparente lume,[1]
Que, da grega coluna à gótica janela,
Contemplou, suspirosa, a fronte amada e bela!"
Mas a lua, fitando o sol, com azedume:

— "Mísera! tivesse eu aquela enorme, aquela
Claridade imortal, que toda a luz resume!"
Mas o sol, inclinando a rútila capela:

— Pesa-me esta brilhante auréola de nume...
Enfara-me esta azul e desmedida umbela...
Por que não nasci eu um simples vagalume?"

(*Poesias completas*, H. Garnier,
Rio de Janeiro, 1902, p. 292.)

---

[1] Na *Revista Brasileira*, nº de junho de 1879, estava "copiar-te".

UMA CRIATURA

Sei de uma criatura antiga e formidável,
Que a si mesma devora os membros e as entranhas
Com a sofreguidão da fome insaciável.

Habita juntamente os vales e as montanhas;
E no mar, que se rasga à maneira de abismo;
Espreguiça-se toda em convulsões estranhas.

Traz impresso na fronte o obscuro despotismo.
Cada olhar que despede, acerbo e mavioso,
Parece uma expressão de amor e de egoísmo.

Friamente contempla o desespero e o gozo,
Gosta do colibri, como gosta do verme,
E cinge ao coração o belo e o monstruoso.

Para ela o chacal é, como a rola, inerme;
E caminha na terra imperturbável, como
Pelo vasto areal um vasto paquiderme.[*]

Na árvore que rebenta o seu primeiro gomo,
Vem a folha, que lento e lento se desdobra,
Depois a flor, depois o suspirado pomo.

Pois essa criatura está em toda a obra:
Cresta o seio da flor e corrompe-lhe o fruto;
E é nesse destruir que as suas forças dobra.

Ama de igual amor o poluto e o impoluto;
Começa e recomeça uma perpétua lida,
E sorrindo obedece ao divino estatuto.
Tu dirás que é a Morte: eu direi que é a Vida.

(Ibidem, p. 293-294.)

---

[*] Na *Revista Brasileira*, n° de janeiro de 1880, estava: "Sobre o rubro areal um vasto paquiderme."

A ARTUR DE OLIVEIRA, ENFERMO

Sabes tu de um poeta enorme[1]
    Que andar não usa
No chão, e cuja estranha musa,
    Que nunca dorme,

Calça o pé, melindroso e leve,
    Como uma pluma,
De folha e flor, de sol e neve,
    Cristal e espuma;

E mergulha, como Leandro,
    A forma rara
No Pó, no Sena, em Guanabara
    E no Escamandro;

Ouve a Tupã e escuta a Momo,
    Sem controvérsia,
E tanto ama o trabalho, como
    Adora a inércia;

Ora do fuste, ora da ogiva,
    Sair parece;
Ora o Deus do ocidente esquece
    Pelo deus Siva;

Gosta do estrépito infinito,
    Gosta das longas
Solidões em que se ouve o grito
    Das arapongas;

E, se ama o lépido besouro
    Que zumbe, zumbe,

---

[1] Vide nota no fim do volume: Machado de Assis.

E a mariposa que sucumbe
        Na flama de ouro,

Vaga-lumes e borboletas,
        Da cor da chama,
Roxas, brancas, rajadas, pretas,
        Não menos ama

Os hipopótamos tranqüilos,
        E os elefantes,
E mais os búfalos nadantes,
        E os crocodilos,

Como as girafas e as panteras,
        Onças, condores,
Toda a casta de bestas-feras
        E voadores.

Se não sabes quem ele seja,
        Trepa de um salto,
Azul acima, onde mais alto
        A águia negreja;

Onde morre o clamor iníquo
        Dos violentos,
Onde não chega o riso oblíquo
        Dos fraudulentos;

Então, olha de cima posto
        Para o oceano,
Verás num longo rosto humano
        Teu próprio rosto.

E hás-de rir, não do riso antigo,
        Potente e largo,
Riso de eterno moço amigo,
        Mas de outro amargo,

Como o riso de um deus enfermo
Que se aborrece
Da divindade, e que apetece
Também um termo...

(*Ibidem*, p. 295-297.)

SUAVE MARI MAGNO

Lembra-me que, em certo dia,
Na rua, ao sol de verão,[4]
Envenenado morria
Um pobre cão.

Arfava, espumava e ria,
De um riso espúrio e bufão,
Ventre e pernas sacudia
Na convulsão.

Nenhum, nenhum curioso
Passava, sem se deter,
Silencioso,

Junto ao cão que ia morrer,
Como se lhe desse gozo[5]
Ver padecer.

(*Ibidem*, p. 313.)

---

[4] Na *Revista Brasileira*, n° de janeiro de 1880, estava "em pleno verão", em lugar de "ao sol de verão".

[5] Na *Revista Brasileira* estava: "Quem sabe? é delicioso", variante que me parece melhor. O poeta sacrificou o fundo à forma: não quis rimar três adjetivos; ou talvez teve pudor de um certo sadismo que repontava nesta variante.

A Mosca Azul

Era uma mosca azul, asas de ouro e granada,
    Filha da China ou do Indostão,
Que entre as folhas brotou de uma rosa encarnada,
    Em certa noite de verão.

E zumbia, e voava, e voava, e zumbia,
    Refulgindo ao clarão do sol
E da lua, — melhor do que refulgiria
    Um brilhante do Grão-Mogol.

Um poleá que a viu, espantado e tristonho,
    Um poleá lhe perguntou:
— "Mosca, esse refulgir, que mais parece um sonho,
    Dize, quem foi que to ensinou?"

Então ela, voando e revoando, disse:
    — "Eu sou a vida, eu sou a flor
Das graças, o padrão da eterna meninice,
    E mais a glória, e mais o amor."

E ele deixou-se estar a contemplá-la, mudo
    E tranqüilo, como um faquir,
Como alguém que ficou deslembrado de tudo,
    Sem comparar, nem refletir.

Entre as asas do inseto a voltear no espaço,
    Uma cousa lhe pareceu
Que surdia, com todo o resplendor de um paço,
    E viu um rosto, que era o seu.

Era ele, era um rei, o rei de Cachemira,
    Que tinha sobre o colo nu
Um imenso colar de opala, e uma safira
    Tirada ao corpo de Vishnu.

Cem mulheres em flor, cem nairas superfinas,
    Aos pés dele, no liso chão,
Espreguiçam sorrindo as suas graças finas,
    E todo o amor que têm lhe dão.

Mudos, graves, de pé, cem etíopes feios,
    Com grandes leques de avestruz,
Refrescam-lhes de manso os aromados seios,[6]
    Voluptuosamente nus.

Vinha a glória depois; — quatorze reis vencidos,
    E enfim as páreas triunfais
De trezentas nações, e os parabéns unidos
    Das coroas ocidentais.

Mas o melhor de tudo é que no rosto aberto
    Das mulheres e dos varões,
Como em água que deixa o fundo descoberto,
    Via limpos os corações.

Então ele, estendendo a mão calosa e tosca,
    Afeita a só carpintejar,
Com um gesto pegou na fulgurante mosca,
    Curioso de a examinar.

Quis vê-la, quis saber a causa do mistério.
    E, fechando-a na mão, sorriu
De contente, ao pensar que ali tinha um império,
    E para casa se partiu.

Alvoroçado chega, examina, e parece
    Que se houve nessa ocupação
Miudamente, como um homem que quisesse
    Dissecar a sua ilusão.

---

[6] Na *Revista Brasileira* estava "perfumados", em vez de "aromados".

Dissecou-a, a tal ponto, e com tal arte, que ela,
    Rota, baça, nojenta, vil,
Sucumbiu; e com isto esvaiu-se-lhe aquela
    Visão fantástica e sutil.

Hoje, quando ele aí vai, de aloé e cardamomo
    Na cabeça, com ar taful,
Dizem que ensandeceu, e que não sabe como
    Perdeu a sua mosca azul.

(Ibidem, p. 314-316.)

Soneto de Natal

Um homem, — era aquela noite amiga,
Noite cristã, berço do Nazareno, —
Ao relembrar os dias de pequeno,
E a viva dança, e a lépida cantiga,

Quis transportar ao verso doce e ameno
As sensações da sua idade antiga,
Naquela mesma velha noite amiga,
Noite cristã, berço do Nazareno.

Escolheu o soneto... A folha branca
Pede-lhe a inspiração; mas, frouxa e manca,
A pena não acode ao gesto seu.

E, em vão lutando contra o metro adverso,
Só lhe saiu este pequeno verso:
"Mudaria o Natal ou mudei eu?"

(Ibidem, p. 330.)

No Alto

O poeta chegara ao alto da montanha,
E quando ia descer a vertente do oeste,
    Viu uma cousa estranha,[7]
    Uma figura má.

Então, volvendo o olhar ao sutil, ao celeste,
Ao gracioso Ariel, que de baixo o acompanha,
    Num tom medroso e agreste
    Pergunta o que será.

Como se perde no ar um som festivo e doce,
    Ou bem como se fosse
    Um pensamento vão,

Ariel se desfez sem lhe dar mais resposta.
    Para descer a encosta,
    O outro estendeu-lhe a mão.

(*Ibidem*, p. 361.)

A Carolina

Querida, ao pé do leito derradeiro
Em que descansas desta longa vida,
Aqui venho e virei, pobre querida,
Trazer-te o coração do companheiro.

Pulsa-lhe o mesmo afeto verdadeiro,
Que, a despeito de toda a humana lida,
Fez a nossa existência apetecida,
E num recanto pôs o mundo inteiro.

---

[7] Na *Revista Brasileira*, nº de janeiro de 1880, estava:
"Viu uma cara estranha,
Dura, terrena e má."

Trago-te flores, restos arrancados
Da terra que nos viu passar unidos
E hoje mortos nos deixa e separados.

Que eu, se trago nos olhos malferidos
Pensamentos de vida formulados,
São pensamentos idos e vividos.

> (Dedicatória no volume *Relíquias de casa velha*, Garnier, Rio de Janeiro, sem data.)

Luís Guimarães

(1845-1897)

O coração que bate neste peito,
E que bate por ti unicamente,
O coração, outrora independente,
Hoje humilde, cativo e satisfeito;

Quando eu cair, enfim, morto e desfeito,
Quando a hora soar lugubremente
Do repouso final, — tranqüilo e crente
Irá sonhar no derradeiro leito.

E quando um dia fores comovida
— Branca visão que entre os sepulcros erra —
Visitar minha fúnebre guarida,

O coração, que toda em si te encerra,
Sentindo-te chegar, mulher querida,
Palpitará de amor dentro da terra.[1]

(*Sonetos e rimas*, Livraria Clássica Editora, Lisboa, 1925, p. 7.)

---

[1] "Fremeranno d'amor dentro la fossa", Stecchetti.

O Esquife

Rosa d'amor, rosa purpúrea e bela.

GARRETT.

Como é ligeiro o esquife perfumado
Que conduz o teu corpo, ó flor mimosa!
Mal pousaste entre nós, alma saudosa,
Pouco adejaste, ó querubim nevado!

E vais descendo ao túmulo sagrado,[’]
Igual à incauta e leve mariposa
Que sem sentir queimou a asa ansiosa
Do mundo vil no fogo profanado.

Mas eu, que acabo de te ver perdida
Nos abismos sem fim da Natureza,
Ó minha filha! ó terna flor caída!

Eu, que perdi contigo a fortaleza,
As ilusões, o gozo, a crença e a vida,
Ah! eu bem sei quanto esse esquife pesa!

(*Ibidem*, p. 9.)

Visita à Casa Paterna

À minha irmã Isabel.

Como a ave que volta ao ninho antigo
Depois de um longo e tenebroso inverno,
Eu quis também rever o lar paterno,
O meu primeiro e virginal abrigo.

[’] Está "vás", em lugar de "vais".

Entrei. Um gênio carinhoso e amigo,
O fantasma talvez do amor materno,
Tomou-me as mãos, — olhou-me, grave e terno,
E, passo a passo, caminhou comigo.

Era esta a sala... (Oh! se me lembro! e quanto!)
Em que da luz noturna à claridade
Minhas irmãs e minha mãe... O pranto

Jorrou-me em ondas... Resistir quem há-de?
Uma ilusão gemia em cada canto,
Chorava em cada canto uma saudade.

Rio, 1876.

(*Ibidem*, p. 13.)

Teófilo Dias

(1854-1889)

A Matilha

Pendente a língua rubra, os sentidos atentos,
Inquieta, rastejando os vestígios sangrentos,
A matilha feroz persegue enfurecida,
Alucinadamente, a presa malferida.

Um, afitando o olhar, sonda a escura folhagem;
Outro consulta o vento; outro sorve a bafagem,
O fresco, vivo odor, cálido e penetrante,[1]
Que, na rápida fuga, a vítima arquejante
Vai deixando no ar, pérfido e traiçoeiro;
Todos, num turbilhão fantástico, ligeiro,
Ora, em vórtice, aqui se agrupam, rodam, giram,
E cheios de furor frenético respiram,
Ora, cegos de raiva, afastados, dispersos,
Arrojam-se a correr. Vão por trilhos diversos,
Esbraseando o olhar, dilatando as narinas.
Transpõem num momento os vales e as colinas,
Sobem aos alcantis, descem pelas encostas,
Recruzam-se febris em direções opostas,
Té que da presa, enfim, nos músculos cansados
Cravam com avidez os dentes afiados.
Não de outro modo, assim meus sôfregos desejos,
Em matilha voraz de alucinados beijos[2]

---
[1] "Cálido, penetrante..." *Revista Brasileira*, nº de março de 1880, p. 347.
[2] *Desejos, beijos*: vide nota no fim do volume: Olavo Bilac 2.

Percorrem-te o primor às langorosas linhas,[1]
As curvas juvenis, onde a volúpia aninhas,
Frescas ondulações de formas florescentes
Que o teu contorno imprime às roupas eloqüentes:
O dorso aveludado, elétrico, felino,
Que poreja um vapor aromático e fino;
O cabelo revolto em anéis perfumados,
Em fofos turbilhões, elásticos, pesados;
As fibrilhas sutis dos lindos braços brancos,
Feitos para apertar em nervosos arrancos;
A exata correção das azuladas veias,
Que palpitam, de fogo intumescidas, cheias,
— Tudo a matilha audaz perlustra, corre, aspira,
Sonda, esquadrinha, explora, e anelante respira,
Até que, finalmente, embriagada, louca,
Vai encontrar a presa — o gozo — em tua boca.[4]

(*Fanfarras*, editor Dolivais Nunes, São Paulo, 1882, p. 7-9.)

A Voz

Vibra na tua voz, de um pérfido atrativo,
Um ritmo fatal, dissolvente, impressivo,[5]
Que me acelera o impulso ao sangue impetuoso,
E dócil ao seu timbre elétrico, expressivo,
Meu ouvido o reflete em frêmito nervoso.

No som dominador, na imperiosa ternura,
Exala sensações funestas; — a loucura,
A vertigem, a febre; e — estranha fantasia!
A embriaguez cruel que afaga e que tortura,
Um filtro musical, um vinho de harmonia.

---

[1] No mesmo número da *Revista Brasileira*, p. 348, está "das", em vez de "às".
[4] *Louca, boca*: vide nota no fim do volume: Olavo Bilac 2.
[5] O poeta contou três sílabas em "ritmo", pronunciando "ritimo".

Exerce sobre mim um brando despotismo
Que me orgulha e me abate; — e há nesse magnetismo
Uma força tamanha, uma eletricidade,
Que me fascina e prende às bordas de um abismo,
Sem que eu tente fugir, — inerte, sem vontade.

Assim como o pendor, fácil acidentado,
De rocha de cristal que a linfa tem cavado,
Presta à onda, que o mina, o voluptuoso dorso,
Por onde ela espreguiça o corpo perfumado,
Indolente, a rolar, sem o mínimo esforço,

Não de outro modo, assim, ao som de tua fala,
Há um declive doce, extático, que embala
No fundo de minha alma a tua voz tremente,
Que em meandros sutis, invisíveis, resvala
E penetra-lhe o abismo harmoniosamente.

(*Ibidem*, p. 22-23.)

LATET ANGUIS

O som que tua voz límpida exala,
Grato feitiço mágico resume:
A frase mais vulgar, na tua fala,
Colorido, matiz, brilhando, assume.

Afaga como a luz; como um perfume
Pela alma filtra, e se insinua e cala,
E, só de ouvi-la, o espírito presume
Que um éter, feito de torpor, o embala.

Quando a paixão altera-lhe a frescura,
Quando o frio desdém lhe tolda o acorde
À viva polidez, vibrante e pura,

Não se lhe nota um frêmito discorde:
— Apenas do primor com que fulgura
Às vezes a ironia salta — e morde.

(*Ibidem*, p. 28-29.)

O LEITO

Mares, de espúmeo albor de rendas revestidos!
Vagas, cheias de aroma, e de torpor fecundas!
Para a febre lenir que esvaira-me os sentidos,
Quero nestes lençóis mergulhá-los, vencidos,
Num mar de sensações letárgicas, profundas! [6]

Aqui, de regiões opostas, climas vários
Vieram se encontrar, por diversos caminhos,
Para depor, fiéis, submissos tributários,
Os prodígios do gosto, árduos, imaginários,
Em perfume, em cetins, em sedas, em arminhos.

Despenhado do teto, em turbilhão se entorna,
Muda, imóvel cascata, a cortina nitente,
Derramando no ar uma preguiça morna,
Que os músculos distende e os nervos amadorna
Em íntima volúpia, estranha, inconsciente.

Repassa, embebe a alcova, em toda a plenitude,
A emanação sutil, que enleva, que extasia,
De um corpo virginal e cheio de saúde,
Grato eflúvio do sangue, em plena juventude,
Que do olfato a avidez satura, e não sacia.

---
[6] Cf. Baudelaire, *La chevelure*.

Perfumados lençóis! vós sois as brancas tendas,
Onde, árabes do amor, meus vagos pensamentos
Nas solidões da noite ouvem estranhas lendas,
Enquanto sob um céu enublado de rendas
Enerva-me o luar de uns olhos sonolentos!

(Ibidem, p. 24-25.)

A Estátua

Fosse-me dado, em mármor de Carrara,
Num arranco de gênio e de ardimento,
Às linhas do teu corpo o movimento
Suprimindo, fixar-te a forma rara,

Cheio de força, vida e sentimento,
Surgira-me o ideal da pedra clara,
E em fundo, eterno arroubo, se prostrara,
Ante a estátua imortal, meu pensamento.

Do albor de brandas formas eu vestira
Teus contornos gentis; eu te cobrira
Com marmóreo sendal os moles flancos,

E a sôfrega avidez dos meus desejos
Em mudo turbilhão de imóveis beijos[7]
As curvas te enrolara em flocos brancos.

(Ibidem, p. 40-41.)

Saudade

A saudade da amada criatura
Nutre-nos na alma dolorido gozo,
Uma inefável, íntima tortura,
Um sentimento acerbo e voluptuoso.

---
[7] Desejos, beijos: vide nota ao fim do volume: Olavo Bilac 2.

Aquele amor cruel e carinhoso
Na memória indelével nos perdura,
Como acre aroma absorto na textura
De um cofre oriental, fino e poroso,

Entranha-se, invetera-se; — de jeito
Que do tempo ao volver, lento e nocivo,
Resiste; — e ainda mil pedaços feito

O lígneo cárcer que o retém cativo,
Cada parcela reproduz perfeito
O mesmo aroma inalterável, vivo.

(*Ibidem*, p. 43.)

SPLEEN

Minha alma é um velho arsenal,
Cheio de armas assassinas;
Tem a mudez sepulcral
Que paira sobre as ruínas.

Das paredes denegridas,
Da mão do tempo gretadas,
Pendem fúnebres espadas
Pela ferrugem comidas.

Há punhais de gumes tredos,
Cuja lâmina sinistra
Rápida morte ministra
A quem lhe perpassa os dedos.

Sobre os ladrilhos sombrios
Rolam farrapos poentos,
Que pelas malhas dos fios
Mostram vestígios sangrentos.

Neste recinto funéreo
Não entra o rumor diurno:
O seu aspecto soturno
Lembra a paz de um cemitério.

Mas, como um monge piedoso,
Lento, grave, a passo incerto,
Cheio de horror religioso
Percorre um claustro deserto,

Também eu, mudo, contemplo,
Concentrado e recolhido,
As solidões do meu templo
Todo em ruínas caído.

E de as ver, — de um vago imenso
Desola-me o peso atroz,
Como um mar profundo, extenso,
Que, num silêncio feroz,

Cerca-me surdo e sombrio,
E após, refluindo ao largo,
Só me deixa ao lábio frio
Vestígios do lodo amargo.

(*Ibidem*, p. 64-66.)

Os Seios

Como serpente arquejante
Se enrosca em férvida areia,
Meu ávido olhar se enleia
No teu colo deslumbrante.

Quando o descobres, no ar
Morno calor se dissolve
Do aroma em que ele se envolve
Como em neblina o luar.

Se ao corpo te enrosco os braços,
A terra e os céus estremecem,
E os mundos febris parecem
Derreter-se nos espaços!

E tu nem sequer presumes
Que então, querida, até creio
Sorver, desfeito em perfumes,
Todo o sangue do teu seio.

Depois que aspiro, ansiado,
Do teu níveo colo o incenso,
Minh'alma semelha um lenço
De viva essência molhado.

Deixa que a louca se deite
Nesse torpor que extasia,
E que o vinho do deleite
Me espume na fantasia;

Pois não há ópio ou hachis
Que me abrilhante as idéias
Como as fragrâncias sutis
Que fervem nas tuas veias!

(*Ibidem*, p. 20-21.)

Carvalho Júnior[1]

(1855-1879)

---
[1] Vide nota no fim do volume: Carvalho Júnior.

Profissão de Fé

Odeio as virgens pálidas, cloróticas,[1]
Beleza de missal que o romantismo
Hidrófobo apregoa em peças góticas,
Escritas nuns acessos de histerismo.

Sofismas de mulher, ilusões óticas,
Raquíticos abortos do lirismo,
Sonhos de carne, compleições exóticas,
Desfazem-se perante o realismo.

Não servem-me esses vagos ideais
Da fina transparência dos cristais,
Almas de santa e corpo de alfenim.

Prefiro a exuberância dos contornos,
As belezas da forma, seus adornos,
A saúde, a matéria, a vida enfim.

(*Parisina*, edição organizada por Artur Barreiros,
Rio de Janeiro, 1879, p. 87.)

---

[1] Cf. o soneto "L'Idéal", de Baudelaire: "*Ce ne seront jamais ces beautés de vignettes…*"

Nêmesis

Há nesse olhar translúcido e magnético
A mágica atração de um precipício;
Bem como no teu rir nervoso, cético,
As argentinas vibrações do vício.

No andar, no gesto mórbido, spleenético,
Tens não sei quê de nobre e de patrício,
E um som de voz metálico, frenético,
Como o tinir dos ferros de um suplício.

És o arcanjo funesto do pecado,
E de teu lábio morno, avermelhado,
Como um vampiro lúbrico, infernal,

Sugo o veneno amargo da ironia,
O satânico fel da hipocondria,
Numa volúpia estranha e sensual.

(*Ibidem*, p. 88.)

Antropofagia

A Fontoura Xavier, poeta socialista.

Mulher! ao ver-te nua as formas opulentas,
Indecisas luzindo à noite sobre o leito,
Como um bando voraz de lúbricas jumentas
Instintos canibais refervem-me no peito.

Como a besta feroz a dilatar as ventas
Mede a presa infeliz por dar-lhe o bote a jeito,
De meu fúlgido olhar às chispas odientas
Envolvo-te e, convulso, ao seio meu te estreito:

E ao longo de teu corpo elástico, onduloso,
Corpo de cascavel, elétrico, escamoso,
Em toda essa extensão pululam meus desejos,

— Os átomos sutis, — os vermes sensuais,
Cevando a seu talante as fomes bestiais
Nessas carnes febris, — esplêndidos sobejos!

(*Ibidem*, p. 89.)

Artur Azevedo

(1855-1908)

Arrufos

Não há no mundo quem amantes visse
Que se quisessem como nos queremos.
Um dia uma questiúncula tivemos
Por um capricho, por uma tolice.[1]

— "Acabemos com isto!" ela me disse.
E eu respondi-lhe assim: — "Pois acabemos!"
E fiz o que se faz em tais extremos:
Tomei do meu chapéu com fanfarrice,

E tendo um gesto de desdém profundo,
Saí cantarolando. (Está bem visto
Que a forma aí contrafazia o fundo.)[2]

Escreveu-me, voltei. Nem Deus, nem Cristo,[3]
Nem minha mãe volvendo agora ao mundo
Eram capazes de acabar com isto![4]

(*Rimas*, edição da Companhia Industrial Americana, Rio, 1909, p. 103-104.)

---

[1] Está "Por um simples capricho, uma tolice". O verso correu assim ainda em vida de Artur Azevedo. A alteração não era do poeta, que, em crônica publicada em *O País*, protestou contra ela, restabelecendo o verso como vai aqui. Em *Sonetos e peças líricas*, edição Garnier, publicação póstuma, como as *Rimas*, vem "Por um caprichozinho, uma tolice".
[2] Em *Sonetos e peças líricas*, vem "contradizia" em lugar de "contrafazia".
[3] Em *Sonetos e peças líricas*, vem "Ela escreveu. Voltei".
[4] Em *Sonetos e peças líricas*, vem "Foram" em lugar de "Eram".

Soneto Dramático

O Incesto. Drama em 3 atos. Ato primeiro:
Jardim. Velho castelo iluminado ao fundo.
O cavaleiro jura um casto amor profundo,
E a castelã resiste... Um fâmulo matreiro

Vem dizer que o barão suspeita o cavaleiro...
Ele foge, ela grita... — Apito! — Ato segundo:
Um salão do castelo. O barão, iracundo,
Sabe de tudo... Horror! Vingança! — Ato terceiro:[5]

Em casa do galã, que, sentado, trabalha,
Entra o barão armado e diz: — "Morre, tirano,[6]
Que me roubaste a honra e me roubaste o amor!"

O mancebo descobre o peito. — "Uma medalha!
Quem ta deu?" — "Minha mãe!" — "Meu filho!"
                                                   — Cai o pano...
À cena o autor! À cena o autor! À cena o autor!

(*Ibidem*, p. 119-120.)

Impressões de Teatro

A Guimarães Passos.

Que dramalhão! Um intrigante ousado,
Vendo chegar da Palestina o conde,
Diz-lhe que a pobre da condessa esconde
No seio o fruto de um amor culpado.

---

[5] Está "Sabe tudo...".
[6] No *Tratado de versificação*, de Olavo Bilac e Guimarães Passos, está "furioso" em lugar de "armado".

Naturalmente o conde fica irado.
— "O pai quem é?" pergunta. — "Eu!", lhe responde
Um pajem que entra. — "Um duelo!" — "Sim! Quando? Onde?"
No encontro morre o amante desgraçado.

Folga o intrigante... Porém surge o mano,
E vendo morto o irmão, perde a cabeça,
Crava o punhal no peito do tirano.

É preso o mano, mata-se a condessa,
Endoidece o marido... e cai o pano,
Antes que outra catástrofe aconteça.

(*Ibidem*, p. 179-180.)

À MINHA NOIVA

"Tu és flor, as tuas pétalas
Orvalho lúbrico molha;
Eu sou flor que se desfolha
No verde chão do jardim."
Têm por moda agora os líricos
Versos fazer neste estilo...
Tu és isto, eu sou aquilo;
Tu és assado, eu assim...

Às negaças deste gênero,
Carlotinha, não resisto.
Vou dizer que tu és isto,
Que aquilo sou vou dizer.
Tu és um pé de camélia,
Eu sou triste pé de alface;
Tu és amora que nasce,
Eu sou fogueira a morrer.

Tu és a vaga pacífica,
Eu sou a onda encrespada;
Tu és tudo, eu não sou nada,
Nem por descuido doutor;
Tu és de Deus uma lágrima,
Eu sou de suor um pingo;
Eu sou no amor o gardingo,
Tu Hermengarda no amor.

Os fatos restabeleçam-se
Ó dona dos pés pequenos:
Eu sou homem — nada menos,
Tu és mulher — nada mais;
Eu sou empregado público,
Tu, minha noiva bem cedo;
Eu sou Artur Azevedo,
Tu és Carlota Morais.

(*Páginas de ouro da poesia brasileira*, Alberto de Oliveira,
Livraria Garnier, Rio de Janeiro, sem data, p. 361-362.)

Filinto de Almeida,

Nascido em 1857

Balada Medieval

Por noite velha, no castelo,
Vasto solar dos meus avós,
Foi que eu ouvi, num ritornelo,
Do pajem loiro a doce voz.
Corri à ogiva para vê-lo,
Vitrais de par em par abri,
E ao ver brilhar o meu cabelo,
Ele sorriu-me, eu lhe sorri.

Venceu-me logo um vivo anelo,
Queimou-me logo um fogo atroz;
E toda a longa noite velo,
Pensando em vê-lo e ouvi-lo a sós.
Triste, sentada no escabelo,
Só com a aurora adormeci...
Sonho, e no sonho, haveis de crê-lo?
Inda o meu pajem me sorri!

Seguindo a amá-lo com desvelo,
Por noite velha, um ano após,
Termina enfim o meu flagelo,
Felizes fomos ambos nós...

Como isto foi, nem sei dizê-lo!
No colo seu desfaleci...

E alta manhã, no seu murzelo,
O pajem foge, e inda sorri...

Dias depois, do pajem belo,
Junto ao solar onde eu o ouvi,
Ao golpe horrível do cutelo
Rola a cabeça, e inda sorri...

(Em *A cigarra*, nº 16, de 22 de agosto de 1895.)

Alberto de Oliveira

(1857-1937)

Vaso Grego[1]

Esta de áureos relevos, trabalhada
De divas mãos, brilhante copa, um dia,
Já de aos deuses servir como cansada[2]
Vinda do Olimpo, a um novo deus servia.

Era o poeta de Teos que a suspendia
Então, e, ora repleta ora esvasada,
A taça amiga aos dedos seus tinia,
Toda de roxas pétalas colmada.

Depois... Mas o lavor da taça admira,
Toca-a, e do ouvido aproximando-a, às bordas
Finas hás-de lhe ouvir, canora e doce,[3]

Ignota voz, qual se da antiga lira
Fosse a encantada música das cordas,
Qual se essa voz de Anacreonte fosse.

(*Poesias,* 1ª série, Livraria Garnier, Rio, 1912, p. 168.)

---

[1] Na edição original dos *Sonetos e poemas* (1885), é este soneto dedicado a d. Clarinda P. de Lima.
[2] Na edição original estava: "Já de servir aos deuses agastada."
[3] Na edição original estava "suave" em lugar de "canora".

Vaso Chinês[4]

Estranho mimo aquele vaso! Vi-o,
Casualmente, uma vez, de um perfumado
Contador sobre o mármor luzidio,
Entre um leque e o começo de um bordado.

Fino artista chinês, enamorado,
Nele pusera o coração doentio
Em rubras flores de um sutil lavrado,
Na tinta ardente, de um calor sombrio.

Mas, talvez por contraste à desventura,
Quem o sabe?... de um velho mandarim[5]
Também lá estava a singular figura.

Que arte em pintá-la! A gente acaso vendo-a,
Sentia um não sei quê com aquele chim[6]
De olhos cortados à feição de amêndoa.[7]

(*Ibidem*, p. 177.)

Aspiração

Ser palmeira! existir num píncaro azulado,
Vendo as nuvens mais perto e as estrelas em bando;[8]
Dar ao sopro do mar o seio perfumado,
Ora os leques abrindo, ora os leques fechando;

---

[4] Na edição original é este soneto dedicado a d. Aglae P. de Lima.
[5] Na edição original dos *Sonetos e poemas* estava:
"Lá se achava de um velho mandarim
Posta em relevo a singular figura."
[6] Na edição original estava "bem-estar" em lugar de "não sei quê".
[7] Na edição original estava "em" por "à" (1895).
[8] Na edição original dos *Versos e rimas* estava "e os astros de ouro" em lugar de "e as estrelas".

Só de meu cimo, só de meu trono, os rumores
Do dia ouvir, nascendo o primeiro arrebol,
E no azul dialogar com o espírito das flores,
Que invisível ascende e vai falar ao sol;

Sentir romper do vale e a meus pés, rumorosa,
Dilatar-se e cantar a alma sonora e quente
Das árvores, que em flor abre a manhã cheirosa,
Dos rios, onde luz todo o esplendor do Oriente;

E juntando a essa voz o glorioso murmúrio
De minha fronde e abrindo ao largo espaço os véus,
Ir com ela através do horizonte purpúreo[9]
    E penetrar nos céus;

Ser palmeira, depois de homem ter sido! est'alma
Que vibra em mim, sentir que novamente vibra,
E eu a espalmo a tremer nas folhas, palma a palma,
E a distendo, a subir num caule, fibra a fibra;[10]

E à noite, enquanto o luar sobre os meus leques treme,
E estranho sentimento, ou pena ou mágoa ou dó,
Tudo tem, e na sombra, ora ou soluça ou geme,
E, como um pavilhão, velo lá em cima eu só;

Que bom dizer então bem alto ao firmamento
O que outrora jamais — homem — dizer não pude,
Da menor sensação ao máximo tormento
Quanto passa através minha existência rude!

E, esfolhando-me ao vento, indômita e selvagem,
Quando aos arrancos vem bufando o temporal,
— Poeta — bramir então à noturna bafagem
    Meu canto triunfal!

---
[9] Na edição original estava "Subir com ela, subir" em lugar de "Ir com ela através do".
[10] Na edição original estava "a aprumar" em lugar de "a subir".

E isto que aqui não digo então dizer: — que te amo,
Mãe natureza! mas de modo tal que o entendas,
Como entendes a voz do pássaro no ramo
E o eco que têm no oceano as borrascas tremendas;

E pedir que, ou no sol, a cuja luz referves,
Ou no verme do chão ou na flor que sorri,
Mais tarde, em qualquer tempo, a minh'alma conserves,
Para que eternamente eu me lembre de ti!

(*Ibidem*, p. 263-264.)

SÍRINX[11]

I

Pã não era por certo deus tão lindo
Que merecesse ninfa como aquela;
Fez mal em persegui-la, e bem fez ela
Pedir a um colmo encantamento infindo.

Só de vê-lo as oréades, sorrindo,
— E destas uma só não foi tão bela
Como Sírinx, — armadas de cautela,
Pronto aos mirtais botavam-se, fugindo.

E, pois, por tal cornípede devia
Gastar as áscuas de amoroso incêndio?
Não! — E a influxo das náiades, um dia,

Perseguida do deus, o movediço
Ladon procura, estende o corpo, estende-o...
E ei-la mudada em trêmulo caniço.

---

[11] Na edição original de *Sonetos e poemas*, era este poema dedicado a João Ribeiro.

II

Imagine-se o deus como ficara
Quando, crendo estreitar a ninfa esperta
Que lhe fugia, apenas uma vara
Delgada e frágil contra o peito aperta.

Vendo-o cego no engano que lhe armara
Amor, da oposta margem descoberta
Um risinho de escárnio, que o desperta,
Tiniu do rio na corrente clara.

Então, da planta virginal, no assomo
Da raiva, a hástea alongada o deus vergando,
Parte-a em várias porções, de gomo em gomo.

Tais partes junta; e em música linguagem,
Dos pastores com as vozes concertando,
Põe-se a soprar no cálamo selvagem.

III

Da agreste cana à módula toada,
Da Arcádia pelos íngremes outeiros
Vinham descendo, em lépida manada,
Lestos, brincões, os sátiros ligeiros.[12]

E a flébil voz da flauta, soluçada
De ternuras, soava entre os olmeiros;
Já nas grutas as náiades em cada
Sopro lhe ouvem os ecos derradeiros.

Hamadríades loucas palpitando
'Stão no líber das árvores; donosas
Napéias saltam do olivedo, em bando.

---
[12] Na edição original dos *Sonetos e poemas*, estava "saltões" em lugar de "brincões".

E presa à flauta a ninfa, que a origina,
Sírinx pura, as notas suspirosas[13]
Derrama d'alma, à vibração divina.

(*Ibidem*, p. 178-180.)

TAÇA DE CORAL

Lícias, pastor — enquanto o sol recebe,
Mugindo, o manso armento e ao largo espraia,
Em sede abrasa, qual de amor por Febe,
— Sede também, sede maior, desmaia.

Mas aplacar-lhe vem piedosa Naia
A sede d'água: entre vinhedo e sebe
Corre uma linfa, e ele no seu de faia
De ao pé do Alfeu tarro esculptado bebe.

Bebe, e a golpe e mais golpe: — "Quer ventura
(Suspira e diz) que eu mate uma ânsia louca,
E outra fique a penar, zagala ingrata!

Outra que mais me aflige e me tortura,
E não em vaso assim, mas de uma boca[14]
Na taça de coral é que se mata."

(*Poesias*, 2ª série, Livraria Garnier, Rio, 1912, p. 111.)

FLOR SANTA

Entre as ruínas de um convento,
De uma coluna quebrada
Sobre os destroços, ao vento
Vive uma flor isolada.

---
[13] Vide nota no fim do volume: Alberto de Oliveira.
[14] *Louca, boca*: Vide nota no fim do volume: Olavo Bilac 2.

Através de férrea grade
Espiando ao longe e em redor,
Que olhar de amor e saudade
No cálix daquela flor!

Diz uma lenda que outrora
Dentre as freiras a mais bela,
Morta ao despontar da aurora
Fora achada em sua cela.

Ao irem em terra fria
O frio corpo depor,
Sobre coluna que havia
A um lado, nascera a flor.

E a lenda refere ainda:
Assim que o luar aparece,
Da flor animada e linda
No cálix se ouve uma prece.

Reza... E medrosa, e encolhida
A um canto, pálida a cor,
Toda no céu embebida,
Vendo-o, talvez, pobre flor!

Parece, tão branca e pura,
Tão franzina e desmaiada,
Uma freira em miniatura
Nas pedras ajoelhada.

(*Ibidem*, p. 112.)

O Muro

É um velho paredão, todo gretado,
Roto e negro, a que o tempo uma oferenda[15]
Deixou num cacto em flor ensangüentado
E num pouco de musgo em cada fenda.

Serve há muito de encerro a uma vivenda;[16]
Protegê-la e guardá-la é seu cuidado;
Talvez consigo esta missão compreenda,
Sempre em seu posto, firme e alevantado.

Horas mortas, a lua o véu desata,
E em cheio brilha; a solidão se estrela[17]
Toda de um vago cintilar de prata;

E o velho muro, alta a parede nua,
Olha em redor, espreita a sombra, e vela,[18]
Entre os beijos e lágrimas da lua.[19]

(*Ibidem*, p. 123.)

A Que Se Foi

I

Foi para melhores climas,
Que o médico em voz austera:

---

[15] Na edição original estava:
 "Roto e negro. Entretanto como oferenda
 Do tempo um cacto em flor ensangüentado
 Mostra e um pouco..."
[16] Na edição original estava "Serve de encerro a uma gentil vivenda".
[17] Na edição original estava "Solta o colar" em lugar de "E em cheio brilha".
[18] Na edição original estava "e toda a noite" em vez de "espreita a sombra e".
[19] Na edição original estava "as lágrimas".

— "É já levá-la", dissera,
"Para as montanhas de Minas."[20]

II

Ficou deserta a casinha,
Inda a lembrar tristemente
O vulto esguio da doente
E o longo adeus que lhe ouvira.

III

O noivo, que mal sabia
Da noiva a sorte funesta,
Com o coração todo em festa,
De longe a abraçá-la vinha.

IV

Dão-lhe a nova da partida,
E ao verem que lhe rebentam
As lágrimas, acrescentam:
— "Foi para melhores climas!"

V

Lá vai às serras de Minas,
Lá vai da noiva em procura;
Ora achá-la conjectura
Morta, e ora risonha e viva.

VI

Depois de horas de aflitiva
Impaciência e pena estranha,
Vê, montanha por montanha,
Longe as montanhas de Minas.

---

[20] Em todas as estrofes desta poesia as rimas do primeiro e quarto versos são toantes; as do segundo e terceiro, consoantes.

VII

Às palmeiras que lá em cima
Segredam com a imensidade
Pergunta em louca ansiedade:
— "Ela está morta ou está viva?"

VIII

E as palmeiras no alto erguidas
Respondem-lhe, balouçando,
E o azul do céu apontando:
— "Foi para melhores climas!"

(*Ibidem*, p. 135-137.)

Visio

I

Aí vem o fim dos meus melhores dias.
Já do claro zenith em que ardeu tanto,
Descai meu sol; e na maior saudade,
Eu, como um deus vencido, saio em pranto
Da floresta de fogo e de harmonias
    Da minha mocidade.

Que importa ainda em minhas veias arda
Sangue, febre, entusiasmo? Ah! sonho extinto!
O que inda resta mal traduz a vida!
Sinto aos meus pés crescer-me a sombra, sinto
Que a manhã lá se foi, e a hora não tarda
    Da grande despedida.

Oh! se te demorares, dentro em breve
Será tarde, talvez! Inda alguns passos,
E em vez dos céus de agora altos e belos,

Hei-de ver céus de inverno, donde a espaços
Na alma começa de cair a neve
    Que caiu nos cabelos.

Vem! Dá-me a ver a tua formosura
Ao fim de um dia esplêndido. Aparece,
À occídua extrema irradiação solar,
Como à luz de cem velas resplandece
Ao fundo de uma igreja a alva escultura
    De uma santa no altar.

II

Vem! Esperei-te uma existência inteira!
Soa da mocidade o último instante.
Ao meu desejo compassiva cede!
Eu te reclamo, como o agonizante
Com a boca em febre à hora derradeira
    Um crucifixo pede.

Com o fervor da oração que a alma do justo
Exalça a Deus, suplico-te me valhas!
Dá-me a clara visão do céu aberto,
Vida, ventura que com um riso espalhas
Dá-me. Eu sinto por ti no peito adusto
    A sede do deserto.

Vem! Em redor de mim desparze em festa
Canções e flores; a ilusão ardente
Dá-me de que é manhã, que lhe ouço os hinos;
Ao meu sol prestes a morrer no Poente,
Tu, no esplendor de tua aurora, empresta
    Teus raios matutinos.

Prolonga o dia meu de uma hora, e basta!
Mas nessa hora sê minha, mas a essa hora
Faze que valha os anos que eu vivi!

Escureça depois… ir-me-ei embora,
Como a estrela, do céu de que se afasta
 Cheia — cheio de ti!

III

Vem! Namorando a várzea que entre a bruma
Vê se alisar ao sol, verde e infinita,
Por alcançá-la um dia, de repente
Em grande ímpeto solta, o espaço afuma,
Atroa os antros e se precipita
 Do alto a caudal torrente.

Lá vai! chegou, cingiu quem via e amava!
Aqui se encrespa como de desejos,
Ali, como saciada, entra em repouso;
Roja, amorosa e humilde, como escrava,
Ainda do beijar de tantos beijos[21]
 Tendo a espuma do gozo.[22]

Não de outro modo, assim, com o mesmo peso,
Cedendo à aspiração que me tortura,
Aflando de prazer e de cansaço,
Ó meu vale florido mas defeso
Ao meu amor, num grito de loucura,
 Cairei no teu regaço.

Suma-se o sol então com os seus dourados
Raios das nuvens entre os leves folhos,
Venham as sombras, baixe a noite, enfim…
Eu só verei, olhos semicerrados
De volúpia, que existo nos teus olhos,
 E estás ao pé de mim.

---
[21] *Desejos, beijos*: vide nota no fim do volume: Olavo Bilac 2.
[22] *Repouso, gozo*: vide nota no fim do volume: Olavo Bilac 2.

IV

Mas vem! Os hinos meus, as canções minhas,
Toda a minh'alma em versos te festeja,
      Seguindo-te, no vôo solitário,
Como no espaço um bando de andorinhas,
Clamando pelo céu, vai de uma igreja
      Buscar o campanário.

Cheio de ti, como, com os seus rumores,
Frondeando à luz, o bosque aberto em galas
Se enche do sol que aos dardos o atravessa,
— Árvore festival, cobri de flores
Minha ramagem para desfolhá-las
      Sobre a tua cabeça.

A minha vida é um cântico ao teu nome,
Uma oração como ninguém a reza,
Nem a ouviu nunca altar na terra erguido;
Um êxtase e um penar que me consome,
Delícia e tratos, júbilo e tristeza,
      Um sorriso... e um gemido!

Amo-te! Estás em quanto os olhos ponho,
Em quanto me percebe o ouvido, em quanto
Coa em meu sangue, o coração me vibra;
Dentro em minha consciência e no meu sonho,
Dentro no meu sorriso e no meu pranto,
      No íntimo, em cada fibra...

No íntimo, em versos que a palavra humana
Não dirá nunca, e em surda voz convulsa,
Palpitando-me, eternos cantarão,
Como da terra dentro ofega insana
E em fogo e enxofre estertorosa pulsa
      A essência de um vulcão.

V

Mas ah! que em vão te chamo, opresso o peito,
A alma em pranto! Não vens! Em que paragem
Tens, ó Rainha, o alcáçar ignorado?
O último Sonho meu, na grande viagem
Que empreendera por ti, caiu desfeito,
   Sem te haver encontrado.

Cansaram meus Desejos, vendo espaços,
Só espaços e espaços, pelo oceano
Buscando-te, Ilha de rosais em flores!
Sem norte e lenho vai, rasgado o pano,
E nem, por doídos que já têm os braços,
   Remam os remadores.

E a Hora magna da vida, excelsa a fronte
Coroada de diamantes e de raios,
Ó meu Ideal longínquo, o facho ardente
Arremessou, nos últimos desmaios,
Do declive do Céu, por trás do monte,
   Aos ermos do Ocidente!

Vai vir a noite. E eu a esperar-te ainda,
E em vão! eu a chamar-te, e em vão! Tal chama
Ave erradia pela companheira,
Desfere o canto, vai de rama em rama,
Até que a morte lhe interrompe e finda
   A queixa derradeira...

Tal um grito de dor no mar se escuta:
É um náufrago. Céu bravo e noite estranha
O som plangente desapareceu...
Tal sopra o caçador pela montanha
Perdido a trompa, e um eco em chão de gruta
   Apenas respondeu...

(*Ibidem*, p. 143-148.)

SOB UM SALGUEIRO

Dorme uma flor aqui, — flor que se abria,
Que mal se abria, cândida e medrosa,
Rosa a desabrochar, botão de rosa
Cuja existência não passou de um dia.

Deixai-a em paz! A vida fugidia
Como uma sombra, a vida procelosa
Como uma vaga, a vida tormentosa,
A nossa vida não a merecia.

Em paz! em paz! A essência delicada
Do anjo gentil que este sepulcro encerra,
É hoje orvalho... cântico... alvorada...

Sopro, aragem do céu, talvez, que o pranto
Anda a enxugar a uns olhos cá na terra,
Doces olhos de mãe, que o amavam tanto.

(Ibidem, p. 155.)

SONHO

De onde a conheço? De um sonho
Misterioso e fugitivo.
Vi-a, e loucura suponho,
Mas rematada loucura,
Achar no mundo em que vivo
     Tal criatura.

Era tão meiga e tão linda!
Amo-a. Amor assim profundo
Não houve nunca no mundo!
E uma esperança não ponho
Na idéia de vê-la ainda...
     Nem mesmo em sonho.

(Ibidem, p. 182.)

***

Vem! Inda em mim amor com que eu te queira,
Versos em que celebre e em que resuma
As tuas perfeições uma por uma,
Têm esto e assomos da paixão primeira.

Salta-me o sangue, como ao vento a espuma,
De indômitos desejos à cegueira,
Ardeu durante o dia a selva inteira,
É quase pôr-do-sol — inda arde e fuma.

Vem! Dá-me ouvir-te em meu deserto os passos!
Vem, desejada há tanto! e est'alma louca
Unindo à tua, morta de ansiedade,

Deixa crucificar-me nos teus braços,
Lavra com um beijo teu na minha boca[23]
O epitáfio da minha mocidade!

(*Ibidem*, p. 190.)

MAGDALA

Passa por ti e: — "Ó formosa!"
Diz este, e ao seio te enlaça;
Dá-te um sorriso, uma rosa,
Um beijo depois. E passa.

Passa por ti e: — "Ó rainha!"[24]
Aquele diz, e te abraça;
Dá-te um brilhante, uma pérola,
Um beijo depois. E passa.

---

[23] *Louca, boca*: vide nota no fim do volume: Olavo Bilac 2.
[24] "Rainha" rima com "mesquinha" que está na 4ª estrofe. O terceiro verso da 2ª e da 4ª série ficaram sem rima, mas o poeta deu-lhes realce, terminando-os em esdrúxulos: "pérola", "lágrimas".

Passa por ti e: — "Ó tesouro"
— Diz outro — "de encanto e graça!"
Dá-te ouro, punhados de ouro,
Um beijo depois. E passa.

Passa por ti e: — "Ó mesquinha!"
— Diz o poeta — "a sorte escassa
Quanto me deu foram lágrimas…"
Dá-te uma lágrima… E passa.

(Ibidem, p. 191.)

O Ninho

O musgo mais sedoso, a úsnea mais leve
Trouxe de longe o alegre passarinho,
E um dia inteiro ao sol paciente esteve
Com o destro bico a arquitetar o ninho.

Da paina os vagos flocos cor de neve
Colhe, e por dentro o alfombra com carinho;
E armado, pronto, enfim, suspenso, em breve,
Ei-lo balouça à beira do caminho.

E a ave sobre ele as asas multicores
Estende, e sonha. Sonha que o áureo pólen
E o néctar suga às mais brilhantes flores;

Sonha… Porém de súbito a violento
Abalo acorda. Em torno as folhas bolem…
É o vento! E o ninho lhe arrebata o vento.

(Ibidem, p. 232.)

Hino à Lua

Lá vem nascendo a lua cheia;
Vem tão redonda, tão redonda...
    Lua, no mar,
Ouço dizer que de onda em onda,
À tua luz, se ouve a sereia
    A soluçar.

Ouço dizer que quando a pino
Te libras no éter transparente,
    Clara, sem véu,
A Iara chora na corrente,
Penteando as tranças de ouro fino
    E olhando o céu.

Ouço também dizer que a brava
Onça malhada, se te avista,
    Da mata em flor
Sai, e agachada sobre a crista
Das pedras, onde as unhas crava,
    Uiva de amor.

Certo, assombrosa é a força tua,
Ó astro pálido que ascendes...
    Também a mim
Com o olhar magnético a alma me prendes,
E eu fico a ver-te absorto, ó lua,
    No espaço assim.

Um sentimento indefinível,
Íntima angústia, uma ansiedade,
    Um — não sei bem —
Como sonhar de eternidade,
Ou como sede de impossível,
    Me arrasta além.

Lua, tu sabes porventura
Que significa em seu cerrado
      Mistério atroz,
O enigma que, torvo e estrelado,
Traçou a Esfinge dessa altura
      Por sobre nós?

Que significam, sempre em fogo
A arder — fogueiras cujo fumo
      Num turbilhão
Rola, talvez, sem lei nem rumo —
Essas estrelas que interrogo
      E sempre em vão?

Qual o seu fim no sorvedouro
Dos céus imensos? Até onde
      Vês mergulhar
A árvore astral a excelsa fronde,
Com os seus bilhões de pomos de ouro
      Que pendem no ar?

E que há no além do além sem nome,
Lá nesse fim do fim, que nada
      Pode atingir,
— Boca de sombra escancarada
No vácuo, e o vácuo, a uivar de fome.
      Sempre a engolir?

Ah! sobre a fronte nestas horas,
Mal desvendado o umbral do Sonho
      O Ignoto ver,
Monstruoso, trágico, medonho,
No grotão de astros e de auroras
      Resplandecer;

E não poder daquele oceano
Lúgubre, azul e negro, em plagas
    Descomunais
Rolando, a profundez das vagas,
Em sua noite, o olhar humano
    Sondar jamais!

....

Lua, tu passas do Mistério
Mais próxima, e desde que ao mundo
    Sorriu a luz,
Ouves dos orbes o profundo
Cântico em ritmo eterno e aéreo
    Reboar a flux;

E, pois, me ensina a alta verdade,
Ó lua!... Mas indiferente
    Vais a rolar,
E se repondes, é somente
Com a fria impassibilidade
    Do teu olhar.

E nem tu sabes que te fala
Por minha voz de homem a informe
    Aspiração
De tudo quanto ao seio enorme,
Meiga ou feroz, aquece e embala
    A Criação.

Porque sou eu neste momento
(Detém-te, ó lua, no teu giro,
    Ouve-me bem)
Gemido, queixa, ânsia, suspiro
O intérprete do sentimento
    Que tudo tem;

Que em tudo, ao ver-te e ao ver corrido
O véu que encobre a profundeza
      Dos céus sem fim,
Há a mesma dúvida, incerteza
E febre do Desconhecido,
      Que existe em mim.

Dize-me, pois, a alta verdade,
Ó lua!... Mas indiferente
      Vais a rolar,
E se respondes é somente
Com a fria impassibilidade
      Do teu olhar.

(Ibidem, p. 242-245.)

ALMA EM FLOR

Primævo flore juventæ.
VIRGÍLIO.

PRIMEIRO CANTO

I

Foi... Não me lembra bem que idade eu tinha,
    Se quinze anos ou mais;
Creio que só quinze anos... Foi aí fora
    Numa fazenda antiga,
    Com o seu engenho e as alas
    De rústicas senzalas,
    Seu extenso terreiro,
Seu campo verde e verdes canaviais.

Era... Também o mês esquece agora
    A infiel memória minha!
Maio... junho... não sei se julho diga,
Julho ou agosto. Sei que havia o cheiro
    Do sassafrás em flor;

Sei que era o céu azul, e a mesma cor
Sorria num gradil de trepadeiras;
Sei que era ao tempo em que na serra, além,
Cor-de-rosa se tornam as paineiras
De tanta flor que cor-de-rosa têm.

II

Sei que um perfume intenso em tudo havia.
Era, enfeitada e nova, a laranjeira,
E o pomar verde pela vez primeira
Florido; era na agreste serrania.

Com os botões de ouro e a espata luzidia
Rachando ao sol, a tropical palmeira;
Era o sertão, era a floresta inteira
Que em corimbos, festões e luz se abria.

Sei que um frêmito de asas multicores
Se ouvia. Eram insetos aos cardumes
A rebolir, fosforecendo no ar.

Era a Criação toda, aves e flores,
Flores e sol, e astros e vagalumes
A amar... a amar... E que ânsia em mim de amar!

III

Que ânsia de amar! E tudo a amar me ensina;
A fecunda lição decoro atento.

Já com liames de fogo ao pensamento
Incoercível desejo ata e domina.

Em vão procuro espairecer ao vento,
Olhando o céu, os morros, a campina,
Escalda-me a cabeça e desatina,
Bate-me o coração como em tormento.

E à noite, ai! como em mal sofreado anseio,
Por ela, a ainda velada, a misteriosa
Mulher, que nem conheço, aflito chamo!

E sorrindo-me, ardente e vaporosa,
Sinto-a vir (vem em sonho), une-me ao seio,
Junta o rosto ao meu rosto e diz-me: — Eu te amo!

IV

Vem! Se ao meu peito alguém colasse o ouvido,
Isto ouviria então como uma prece
Lá sussurrando: — Sonho meu querido,
Vem! abre as asas! mostra-te! aparece!

Queima-me a fronte, a vista se amortece,
Aflui-me o sangue ao cérebro incendido.
Oh! vem! não tardes, que me desfalece
O coração gemido por gemido.

Vem, que eu não posso mais. Olha, o que vejo
Em derredor de mim, é tudo afeto,
Amor, núpcias, carícia, enlace, beijo...

Paira por tudo uma volúpia infinda,
Une-se flor a flor, inseto a inseto...
E eu até quando hei-de esperar ainda?

V

Por esse tempo sabedor um dia
Sou (conversava-se ao jantar) que entrando
O mês próximo, e acaso melhorando
O estado do caminho, *ela* viria.

Ela! ia vê-la, enfim! vê-la! mas quando,
Se a estrada um pantanal me parecia,
E inesgotáveis os beirais chorando
'Stavam! E se chovia! se chovia!

Nunca aos pés de um altar, de Deus à face,
Eu rezei como então para que aquela
Chuva contínua e temporal passasse,

E para que outro céu, manhã mais bela
Viesse, e eu pudesse ver quando apontasse
Na estrada, ao fim do campo, o vulto dela.

VI

Mas continuava ininterruptamente
A chuva. Em lamaçais com as enxurradas
E em peraus fundos mudam-se as estradas.
Fala-se de barreiras e de enchente.

Pelas vidraças largas e molhadas
Eu, preso em casa, olho estupidamente.
Raros viajantes na campina em frente
Passam com as batas altas enlameadas.

Quando o lampião se acende e em torno à mesa
Ficamos todos, que aborrecimento!
Bocejo, prostra-me uma inércia infinda…

E aos que entendem de tempo, chuva e vento,
Ouço, esmagado de mortal tristeza,
Que a lua é nova, e vai chover ainda.

VII

Que noite! O coração mal o contenho,
Salta, pula-me, pulsa e o peito abala.
Só, com os meus planos vãos que no ar desenho,
Passeio ao longo da comprida sala.

Dorme a fazenda. Nem uma senzala
Vozeia aberta. Emudeceu o engenho,
E no roer surdo com que o milho rala,
O moinho monótono e roufenho.

Ah! dorme tudo, e eu velo e sofro! E louca,
Ó alma apaixonada, este impassível
Céu, por que o tempo aclare, aflita imprecas;

E a responder-te ouves apenas, rouca,
Crebra, arrastada, em seu rã-rã horrível,
A algazarra dos sapos nas charnecas.

VIII

Efeito foi, talvez, da prece ardente
Que de meus lábios para o céu voava:
Na luz do sol o claro azul se lava,
Traja-se de ouro a serrania em frente.

Mas se inda chove! mas se de repente
Se torna o tempo como há pouco estava!
Não o permitireis, não (murmurava,
Olhando o céu), ó Deus onipotente!

Deixai-a vir! mandai que estes caminhos
Depressa enxuguem. Para recebê-la
Floreai os campos, rumorai os ninhos!

Entre aromas e luz e entre harmonia,
Deus de bondade, é que eu desejo vê-la,
Como vejo este sol que me alumia.

IX

Graças! podia, enfim, sair lá fora
    A ver quando ela vinha,
    Quando, no fim da linha
    Do campo e a limitá-lo,
    A cancela sonora
Batesse, dando entrada ao seu cavalo.

Imaginava como montaria,
    O seu porte real
Na sela, o farfalhar de seu roupão;
    Brincando à ventania
O véu, e no estalido com que instiga
    A marcha do animal,
O chicotinho a lhe tremer na mão.

Imaginava-a muito minha amiga,
Muito achegada a mim, quando o momento
Viesse de maior intimidade,
E se nos fosse todo o acanhamento
Próprio de sua idade e minha idade.

Imaginava-a...

X

    Foi, talvez, nessa hora
— Como em chão virgem nascem num só dia

Duas flores irmãs, que, flor e flor,
Ao tempo em que acordava para o Amor,
Eu acordei também para a Poesia.

XI

Chegou, mas tarde. Eu despertei, sentindo
Aos animais o tropear lá fora,
E os passos apressados àquela hora
De pessoas de casa a porta abrindo.

Soergui-me na cama… Ó sonho lindo,
Tardavas tanto! — E alucinado, agora
Que ela até à sala vem, fico a sonora
Triunfal entrada ao seu roupão ouvindo.

Dela essa noite apenas pude ansioso
A voz lhe conhecer que sorvo atento,
E o rugir do arrastar de seus vestidos;

E dessa música ao divino acento
Readormeço, trêmulo de gozo,
Ébrio de ouvi-la e cheios os ouvidos.

Segundo Canto

I

Com as toscas rodas brutas e puxados
Por bois que a espaços a aguilhada instiga,
Chiam, de longas canas carregados,
Os tardos carros pela estrada antiga.

Mas não é para ouvir que já da moagem
E o tempo e o engenho a trabalhar começa,
Que acordo. Acorda-me o contentamento
De que a vou ver, enfim. A sua imagem
Qual seja me idealiza o pensamento.

Eis-me inda cedo ao longo da varanda
Impaciente a esperar que ela apareça.
Suspensas do alto, de uma e de outra banda,
Pendem gaiolas, chilra a passarada,
Entre esguios ponteiros prisioneira.
Braceja ao sol nascente alta mangueira,
No outão da casa há século plantada.

Mas não é para ouvir como em teu seio,
Mangueira amiga, vêm, seteando a altura,
Atitar azulões e gaturamos,
Saís e encontros, que eu ali passeio;
Nem para ver, pêndulo de teus ramos,
Oscilar o balanço em que me embalo;

Não é. Se alguma cousa me tortura
E delicia, é estar pensando nela...

II

Apareceu. Que sobressalto ao vê-la!
Leve saia de cassa, à trança escura
Uma flor. Mal contendo o íntimo abalo,
    Ouço a apresentação:
— "A prima Laura..."

    Ela me encara, fita
No meu o olhar, e a mão, suprema dita!
Me estende. Aperto-lhe a tremer a mão.

III

Não direi mostre ao sol o cardo agreste
    Fruto menos corado
Que o seu lábio; que a estrela vespertina,
    No páramo azulado,
Confrontada com o olhar que me domina
De menos vida e menos luz se veste;

Não direi ainda está para que nasça
Lírio de neve igual à desse colo,
Ou entre as neves de longínquo pólo
Neve que escura fique ante essa alvura;
Não direi do coqueiro que sem graça
É o porte airoso, a se aprumar na altura
      Se eu ao dela o comparo;
Que a pluma leve e aérea em flecha esguia
É menos que o seu corpo aérea e leve;
      Não direi tenha a lua
      Pelo céu alto e claro
      Mais divina poesia,
Mais suave languidez que essa tristeza
      (Amorosa não sei)
Que essa tristeza que se lhe insinua
      No olhar... Nada direi,
      Porque ninguém se atreve
A descrever a máxima beleza,
      Porque a beleza sua
      Não se descreve.

IV

Quis ver, depois de rápido passeio,
      Moer o engenho. Segui-a.
Pesada porta para o campo abria.
Verde, a perder de vista, em várzea expanso,
Verde, a ondular à viração de manso,
      É um mar o canavial.

Da estrada entre os recortes dos barrancos
Roxos ou rubros, restrugia em cheio
Dos carros, a cambar aos solavancos,
      O hino triunfal.
Ao pé das tachas, de onde a quando e quando,
No fervor forte, desflorando a espuma,

Brota um bafo enjoativo, ela curiosa
Detém-se, e do trabalho a cena bruta,
    O estrépito da luta,
Vida do engenho e movimento goza.
Fulva flameja férvida fornalha
Que as caldeiras de cobre aquece e afuma;
Aceleradamente trabalhando,
    A máquina farfalha.

Eu olho apenas Laura, o olhar lhe espreito,
    E quem meu rosto observe,
    Há-de ver, como vejo,
Que me enche o fogo vivo de um desejo,
E a tumultuar-me, a ressaltar no peito,
Meu coração, como essas tachas, ferve.

V

A mata virgem, desgrenhada aos ventos,
Eleva à noite a alma complexa e vária;
Do musgo humilde às grimpas da araucária
Há, talvez, gritos, há, talvez, lamentos.

Olhos presos na sombra, a passos lentos
Passeando na varanda solitária,
Apraz-me àquela orquestra tumultuária
A sós ouvir os rudes sons violentos.

Ó Noite, como que raivando, levas
Com o teu meu coração por essas trevas
O teu — cólera, o meu — doce reclamo;

Ambos, ao fogo atroz que têm no seio,
O teu bramindo: — O Ódio eu sou, e odeio!
O meu chorando: — Eu sou o Amor, eu amo!

VI

Em torno à mesa que ante nós se estende,
Reunimo-nos todos, conversando,
Quando escurece, em vindo a noite, quando
O lampião grande, como um sol, se acende.

Nada, porém, ali me encanta e prende,
A não ser, bem que o sinto! o úmido e brando
Volver dos olhos dela, onde, brincando,
Amor que os fez, mostra que a amar se aprende

Mas os olhos não só, que os meus, de cego.
Baixo às vezes, vencido de cansaço,
De tanto fluido e tal clarão ferido.

E longamente e extático os emprego
Em ver-lhe o claro mármore do braço
Nu destacar na manga do vestido.

VII

Aquele braço nu e aquela espuma
Da fofa manga atêm-me em mudo exame,
E sinto — não sei bem como lhe chame
Ao que em mim sinto... enlevo, amor, em suma.

Dão-me a idéia (esta imagem, como um liame,
Inda me enlaça o espírito e o perfuma)
Aquela fofa manga e braço de uma
Flor grande aberta, de alongado estame.

Flor, como acaso uma avistara um dia
Pendendo da ramagem sobre a estrada
(O nome não lhe sei, não lho sabia),

No rebordo das pétalas franjada,
E com um filete que lhe aparecia
Ao fundo da campânula voltada.

VIII

Contai, arcos da ponte, ondas do rio,
Balsas em flor, lírios das ribanceiras,
O enlevo meu... Das curvas ingazeiras
Cerrado arqueia-se o dossel sombrio.

Arde o sol pelo campo, onde o bravio
Gado se dessedenta nas ribeiras;
À beira d'água, como em desafio,
Cantam, batendo roupa, as lavadeiras.

Eu... Ponte, rio, flores, balsas, tudo,
Eu, junto a vós, embevecido e mudo...
(Aquelas horas de êxtase contai-as!)

Eu, como que num fluido estranho imerso,
Faço, talvez, o meu primeiro verso,
Vendo corar ao sol as suas saias.

LX

Divina febre, cedo o ardor divino,
O fogo teu o sangue me escaldava;
Cedo as setas provei de tua aljava,
Menino ainda, alado deus menino.

Para estar junto dela, aos mais deixava,
Aos mais e a tudo, mísero e sem tino.
Ó delicioso influxo feminino,
Que bem gozava, quando te gozava!

Quanta vez, preso o olhar à fechadura
De seu quarto, horas mortas, com receio,
Eu na ponta dos pés me pus a espiá-la!

E quanta vez sonhei, forte loucura!
Vê-la vir, ao meu seio unir o seio,
E ao lábio o lábio, na deserta sala!

X

Uma noite (até ali nunca o proveito
Alcançara de a ver: a alcova escura
Mostravas sempre, bronca fechadura!)
Pé ante pé, à porta chego. Espreito.

Havia luz. O olhar melhor ajeito.
Tenda piramidal, em toda a altura
Plácido escorre o cortinado. A alvura
Eis de seu leito. Mas vazio o leito!

Súbito um rugir seco a alcova corta
Súbito e quase nua ela aparece...
Mal pude ver-lhe a saia em desalinho!

A luz se apaga. E o ouvido agora à porta,
Em vez dos olhos, farta-se e estremece
De a ouvir mexer-se entre os lençóis de linho.

XI

Ouvi-lhe um dia (acode-me à lembrança
O quadro: ela se achava a sós comigo
Olhando a tarde do mirante antigo,
De onde o extremo horizonte a vista alcança.

Eu ora uma ave no ar com os olhos sigo,
Ora lhe sigo o voar da leve trança)
Ouvi-lhe: — "Se não fosses tão criança,
Era capaz de me casar contigo!"

Frase cruel! Ah! como a repisava
Dia por dia o coração ansioso!
E a sós no quarto, que impaciência a minha,

Quando, no espelho os olhos, eu notava
Como inda longe, incerto, vagaroso
Meu buço de homem despontando vinha!

XII

Flores azuis, e tão azuis! aquelas
Que numa volta do caminho havia,
Lá para o fim do campo, onde em singelas
Brancas boninas o sertão se abria.

À ramagem viçosa, alta e sombria,
Presas, que azuis e vívidas e belas!
Um coro surdo e múrmuro zumbia
De asas de toda espécie em torno delas.

Nesses dias azuis ali vividos,
Elas azuis, azuis sempre lá estavam,
Azuis do azul dos céus de azul vestidos;

Tão azuis, que essa idade há muito é finda,
Como findos os sonhos que a encantavam,
E eu do tempo através vejo-as ainda!

XIII

De uma feita era em rancho estreito e pobre:
Fala-nos rindo uma velhinha rude.
Sobrevém forte chuva, o sol se encobre,
Trovoa o céu, transborda cheio o açude.

Quis sair. Laura acode e ouvir-lhe pude:
— "Não vá !" e a mão ergueu num gesto nobre.
"Talvez que a chuva passe e o tempo mude,
"E que não mude, um teto aqui nos cobre!"

No quarto do oratório, à acesa vela,
À boa santa Bárbara rezavam.
Ficáramos na sala os dois sozinhos...

E eu, sem nada temer, ao lado dela,
Ouvia as ventanias que passavam
E os raios a cair pelos caminhos.

XIV

Mas se eu era criança! Ela o dissera!
Oh! céus! então outrem, de mais idade,
Ombro a ombro com a sua mocidade,
Sob um mesmo esplendor de primavera,

Outrem é que devia ser o eleito,
Não eu, eu que a adorava antes de vê-la,
Eu que a chamei chorando de meu leito
E os meus sonhos enchi da imagem dela!

Eu, só porque nasci, talvez, um dia,
Um ano ou mais depois da flor que amava,
Eu, só por ser mais moço, oh Deus ! — pensava —
Eu só por isso não a merecia!

Um dia, um ano ou mais conta-os acaso
Amor que nada vê e ao peito a chama
Sabe apenas soprar em que me abraso?
Não se confrontam datas quando se ama.

Amor só quer saber se em quem palpita
Há um coração. Eu tenho-o e em fogo me arde.
Ama-se ou muito cedo ou muito tarde.
Fora do tempo, Amor se move e agita.

Ela o disse, porém... No ouvido encerro
A frase que lhe ouvi... Pobre criança,
De tua dor no círculo de ferro
Morre agarrado à última esperança.

Terceiro Canto

I

Embala-me, balanço da mangueira,
Embala-me, que enquanto vou contigo,
Contigo venho, o meu pesar esqueço.
Rompe a luz da manhã rosada e linda,
Tudo desperta. E essa por quem padeço,
    Lânguida e preguiçosa,
Entre brancos lençóis repousa ainda.
Embala-me, pendente da mangueira,
Na tensa corda, meu balanço amigo!
    Em claro a noite inteira
Passei, pensando nela. Ah! que formosa
Estava ontem à tarde no mirante,
Um livro ao colo, às tranças uma rosa,
E o olhar perdido na amplidão distante!
    Pensava... Em quem pensava?
Se fosse em mim... Como formosa estava!
    Oh! não pausado e manso,
Mas aos arrancos, estirado voa,
    Leva-me, meu balanço!

II

    Assim cismando, à toa,
Olhos voltados já para a querida
Visão de Laura, já para o céu claro,
    Para o campo e arredores,

A manhã passo. Sobre a serra erguida
Em frente nasce e, coroando-a, brilha
O sol. Loureja o ipê com as áureas flores.
Late nos grotões fundos, indo ao faro
Da caça, ao buzinar dos caçadores,
      Da fazenda a matilha,
E no ar que sopra dos capões escuros,
Sente-se, de mistura a essências finas
      E ao cheiro das resinas,
Um sabor acre de cajás maduros.

III

Cajás! Não é que lembra à Laura um dia
(Que dia claro! esplende o mato e cheira!)
Chamar-me para em sua companhia
Saboreá-los sob a cajazeira!

— "Vamos sós?" perguntei-lhe. E a feiticeira:
— "Então! tens medo de ir comigo?" — E ria.
Compõe as tranças, salta-me ligeira
Ao braço, o braço no meu braço enfia.

— "Uma carreira!" — "Uma carreira!" — "Aposto!"
A um sinal breve dado de partida,
Corremos. Zune o vento em nosso rosto.

Mas eu me deixo atrás ficar, correndo,
Pois mais vale que a aposta da corrida
Ver-lhe as saias a voar, como vou vendo.

IV

Um chão de folhas sob um céu de flores,
Eis a mata. Recebe-nos à porta
      Do templo de verdura
Azul, trêfega, leve borboleta;

Vai volateando inquieta,
Recruza o atalho, o espaço corta,
E nos guia na selva espessa e escura.
Outras, alada chusma de mil cores,
Vêm-lhe ao encontro, farfalhando. Agora
      Vê onde mais surpreso
      O olhar se te demora:
Olha estes ramos a vergar com o peso
Das bignônias em flor; olha o disforme
Entrelaçado de cipós que os fios
Lembram suspensos de uma aranha enorme;
Olha estes hartos troncos, luzidios
Uns, rofos outros, uns desempenados,
Outros recurvos, tortos, semelhando
Em contorções vultos de condenados;
Olha... Este grito? este tinir que escutas
De martelo em bigorna? estes gemidos?
Estes soluços e risadas longas,
Ais, assobios, e de quando em quando
Silvos, cochichos, guinchos e estalidos?
São aves, são gaviões, são arapongas,
São guaches e tucanos, são nas grutas
Insetos e reptis... Canto assombroso!
Sinfonia fantástica!
      Ela ouvia.
— "Que é isso?" E eu lhe explicava
O hino da selva.

v

      Perto demorava
O lugar, onde o escuro tronco anoso
E os grossos braços curvos, carregados
De trepadeiras, válidos erguia
A cajazeira de cajás dourados.

VI

— "Estou cansada."
            — "Senta-te."
                        Sentou-se.
Dos frutos que então vejo, — e o chão coberto
Deles estava, escolho o que mais doce
Me pareceu e dou-lho. Rejeitou-o.
— "É acido!" diz, mal o provara, e fora
            Num gesto o lança. Era à hora
            Em que sobre o deserto
Ensoado o gavião negro abate o vôo;
            Em que alto o sol sentindo,
            A cigarra sonora
Zine, e no ar morto, onde não corre o vento,
Parece estarem — tão sem movimento
Seus ramos vês — as árvores dormindo.

VII

Trouxe-lhe eu outros frutos, e melhores,
Que à árvore os fui colher e — áureo punhado,
Aos seus pés os espalho. Ela, entretanto,
Fosse fadiga ou sono que a prostrasse,
            Como em macia rede,
Reclina o corpo sobre o emaranhado
Das trepadeiras a sorrir-se em flores,
            E olhando-me de face:
— "Vai-me ver água", disse, "estou com sede."

VIII

Saí. Da gruta próxima o recanto
Debalde exploro: areia e folhas acho,
Folhas e areia só! água não vejo.
Água não vejo, nem sumido fio

Entreluz sob as pedras fugidio,
Nem gota brilha ao sol! E esforço e arquejo,
Em vão; entre as raízes olho e espreito,
Nas furnas entro em vão, me acurvo e agacho,
Em vão! E a voz de Laura, a quando e quando,
Ouço-a, já longe, aos gritos me chamando:
    — "Vem!" Lacerado o peito,
Laceradas as roupas dos espinhos,
Voltar procuro, mas na selva grossa
    Tudo são descaminhos;
Voltar procuro sem que, oh dura mágoa!
Numa folha sequer levar-lhe possa,
Como um pingo de pranto, um pingo d'água!

IX

Perco-me entre os cipós longos, tecidos.
Uns balouçam das árvores pendentes,
Outros no chão rojam, e retorcidos
Se enlaçam como inúmeras serpentes.

Roçam-me os pés, fogem espavoridos,
Sinto-os! verdes lagartos, repelentes
Cobras, e um ruído assombra-me os ouvidos,
Um ruído seco de ranger de dentes.

Logo abala a floresta estrondo horrendo.
Que foi? Passou. Restruge ainda da serra
O côncavo ferido... Deus me guarde!

Rezo, mal balbucio... E aflito, e vendo
Maior a solidão, caio por terra
E desato a chorar como um cobarde.

X

Do cipoal torso, enfim, desato os laços,
E a lugar chego tão deserto e bruto,
Tão silencioso que dos próprios passos,
Dos passos meus é todo o som que escuto.

Grandes, soberbas árvores se alteiam,
E a prumo os troncos, a ramada informe
Lá em cima arqueada em cúpula, vozeiam
Com um som de rezas por igreja enorme.

— "Estou perdido! estou perdido!" exclamo.
Nisto estremeço com ligeiro assombro:
Ao pé de mim ouço o estalar de um ramo
E um homem surge de espingarda ao ombro.

Fita de couro o peito lhe traspassa
E um polvarinho e saquitel suporta:
É um caçador, — traz por troféu de caça,
Pendente à cinta, uma araponga morta.

Peço-lhe suplicante da floresta
Me ensine o rumo à cajazeira amiga;
— "E água?" — "Água, aqui! Olhe, a que bebo é desta!"
Uns gravatás numa pedreira antiga

Mostra. Abre as folhas: a água rebrilhando
Lá está; mais pura não na chove o Estio.
— Água de caçador que em torno olhando
O chão do bosque, não na vê do rio.

Água! levo-lha, enfim, levo-a nos braços
Numa bromélia em flor à flor que a espera,
Levo-a correndo, como a largos passos
Levam as nuvens a da Primavera.

Levo-a, e sobeja e tanta que, contadas
As suas gotas, davam a medida
De meu pranto, das lágrimas choradas
Pela que a vai beber... e é minha vida.

XII

Chego. Ela estava meio reclinada
Das trepadeiras sobre a laçaria,
Olhos cerrados, boca entrecerrada,
Parecia dormir. Talvez dormia.

Pousa-lhe ao pé, na desatada trança
Pousa-lhe e brinca, buliçosa e bela,
Trêmula borboleta, e assim tão mansa,
Guardar parece o leve sono dela.

Oh! não me há-de esquecer nunca esta imagem
Que adormecida via ali tão perto,
Destacando na sombra da folhagem,
Na rústica moldura do deserto!

Aproximei-me. O chão que piso estala
Sob os meus pés; os lábios ressequidos
Sinto. Paro um momento a contemplá-la.
Queima-me a fronte, zunem-me os ouvidos.

Ato as mãos ao receio que, desperta
E zangada por ver tanta ousadia,
Não vá ficar com um beijo quem dormia...
E um beijo dou-lhe na boquinha aberta.

Ah! foi um beijo apenas! mas um beijo
Em que sequiosa se me extravasava
A alma toda, a alma toda e o meu desejo,[25]
Com o calor forte em que a floresta estuava.

---

[25] *Beijo, desejo*: vide nota no fim do volume: Olavo Bilac 2.

Foi apenas um beijo. Ela estremece,
Acorda e diz-me (arde-lhe a face em brasa
E a expressão indignada me parece):
— "Deixa-te estar que hei-de contar em casa!"

Caio-lhe aos pés, tomo-lhe as pequeninas
Mãos que com a chuva de meus prantos roro;
Não houve nunca um choro de resinas
Tão grande como as lágrimas que choro.

— "Ficas aí?" disse-me ainda. — "Vamos!"
E ei-la deita a correr. Sigo após ela.
Desvia os ramos. Eu desvio os ramos.
À cancela chegou. Chego à cancela.

No campo entramos, ela à minha frente
Sempre a correr. Ao pé do rio a vala
Salta. A vala saltei. Quase alcançá-la
Então consigo. Alcanço-a, finalmente,

Já na varanda. — "Escuta", suplicante
Falo-lhe à meia voz, "não digas nada!"
Ela faz um muxoxo, passa adiante,
E desapareceu subindo a escada.

XIII

Depois... nada depois, nada! senão
Que de querer-lhe o coração não cansa.
(Tão cheio dela está meu coração!)
E eu sou feliz... mesmo sem esperança.

XIV

Depois... Um dia, choros na varanda.
Chego e a vejo a cavalo, o véu descido,
Um chicotinho à mão, e o seu comprido
Roupão que ajeita no selim-de-banda.

— Adeus! dizem-lhe adeus. Ela com o lenço
Acena, e parte.
       Oh! desespero imenso!

Parte, lá vai! E quando ao fim da estrada
Longe, a chorosa e trêmula cancela
Bate, bate-me n'alma essa pancada,
E alto me ponho a soluçar por Ela!

XV

Depois... Horas da tarde, há quem vos diga
Há quem vos pinte a singular tristeza,
Com que passáveis, dando à Natureza
A impressão funda de uma dor antiga?

De vós me veio em tão distante idade
Esta contemplação do espaço triste
Do pôr-do-sol! De vós me veio e existe
Perpétuo n'alma o culto da saudade!

Como doíeis sob o pó dourado
Que o Ocaso peneirava! nos sombrios
Céus! no brilho metálico dos rios,
E em fumo e sombras pelo descampado!

Dizei a angústia em que eu me debatia
Quando, de uma janela ao canto posto,
Só com o meu sonho, em lágrimas o rosto,
Eu vos falava ao desmaiar do dia.

Ai! coitado de mim nesses momentos,
Tendo a agravar-me a dor que tinha n'alma
O vosso peso. Horas da tarde calma!
O sofrer vosso. Horas de sofrimentos!

Dizei por que meu longo olhar se perde,
Menos nas nuvens, menos no alto monte,
Do que na linha extrema do horizonte,
Que limita a extensão do campo verde...

XVI

Depois... Não a vi mais. Existe ainda?
Exista ou não, a nossa história é finda.

XVII

Parado o engenho, extintas as senzalas,
Sem mais senhor, existe inda a fazenda,
A envidraçada casa de vivenda
Entregue ao tempo com as desertas salas.

Se ali penetras, vês em cada fenda
Verdear o musgo e ouves, se acaso falas,
Soturnos ecos e o roçar das alas
De atros morcegos em revoada horrenda.

Ama o luar, entretanto, essas ruínas,
Uma noite, horas mortas, de passagem
Eu a varanda olhava, quando vejo

À janela da frente, entre cortinas
De prata e luz, chegar saudosa imagem
E, unindo os dedos, atirar-me um beijo...[26]

(*Ibidem*, p. 271-325.)

---

[26] *Vejo, beijo*: vide nota no fim do volume: Olavo Bilac 2.

Los Sueños Sueños Son

Sonhei-a: nuvem de nitente arminho,
Nuvem branca descida à terra escura
Para levar-me ao céu pelo caminho
Bordado de astros da serena altura.

Sonhei-a: fonte de corrente fria,
Límpida como o sitibundo a pede,
A que eu tivesse de ir matar um dia
Com a boca em fogo minha ardente sede.

Sonhei-a: altar florido onde eu rezasse,
Correr deixando, na oração sincera,
Uma por uma as lágrimas à face,
Como aos círios as lágrimas de cera.

Sonhei-a: em meu deserto, em chão de areia,
Palmeira verde, sob um céu risonho...
Palmeira, nuvem, fonte, altar, sonhei-a...
Sonhei-a... O sonho não passou de sonho.

(Ibidem, p. 334.)

Depois do Aguaceiro

Passou a nuvem, desfez-se em lágrimas,
— Soltos diamantes, pérolas soltas
      Que o sol agora
      Faz cintilar.

Uma das folhas rebrilha no ápice,
Outras, esparsas, lá vêm às voltas,
      (Alguém as chora?)
      No chão rolar.

Assim num rosto por onde rápida
Passou a sombra que exulcerantes
    Mágoas e o afogo
    Trai de um pesar,

Brinca um sorriso por entre lágrimas,
— Pérolas soltas, soltos diamantes
    Líquidos, logo
    Desfeitos no ar.

(Ibidem, p. 346.)

Fonte Oculta[27]

Entre umas pedras metida,
Rolando clara e modesta,
No coração da floresta
Vive uma fonte escondida.

Receosa de ser ouvida,
Talvez abafando um ai,
Quase sem queixa ou murmúrio
    Fluindo vai;

E de ser vista receosa,
O vivo fio adelgaça;
E assim ignorada passa,
Passa ligeira e medrosa.

Tal em alma desditosa
Que já não ama nem crê.
Se escoa um fio de lágrimas
    Que ninguém vê...

(Ibidem, p. 349.)

---

[27] Nesta poesia, o primeiro verso da segunda e da terceira estrofes rimam com o primeiro e quarto da estrofe anterior; o terceiro é solto e esdrúxulo.

Dentro da Noite

— Levai-me, ó nuvens de asas rápidas
        Que no alto vemos,
Nuvens desenfreadas, nuvens[28]
Tempestuosas!
        — Não te levaremos.

— Levai-me, ó ventos que aos longínquos
        Pontos extremos
Ides do céu, ventos horríssonos.
Ventos da noite!
        — Não te levaremos.

— Levai-me, ó corvos de asas lúgubres,
        Sinistros remos
Com que sulcais o oceano intérmino
De ondas aéreas!
        — Não te levaremos.

— Deixai-me, ó dor, mortais angústias,
        Males supremos,
Visões de horror, fantasmas tétricos,
Sombras, espectros!
        — Não te deixaremos!

(Ibidem, p. 352-353.)

A Voz das Árvores

Acordo à noite assustado.
Ouço lá fora um lamento...
Quem geme tão tarde? O vento?
Não. É um canto prolongado,

---

[28] Este verso devia ser esdrúxulo, como são todos os versos soltos das outras estrofes (o primeiro e o terceiro).

— Hino imenso a envolver toda a montanha;
São em música estranha
Jamais ouvida,
As árvores ao luar que nasce e as beija,
Em surdina cantando,
Como um bando
De vozes numa igreja:
Margarida! Margarida!

(*Ibidem*, p. 354.)

CHEIRO DE ESPÁDUA

"Quando a valsa acabou, veio à janela,
Sentou-se. O leque abriu. Sorria e arfava.
Eu, viração da noite, a essa hora entrava
E estaquei, vendo-a decotada e bela.

Eram os ombros, era a espádua, aquela
Carne rosada um mimo! A arder na lava
De improvisa paixão, eu, que a beijava,
Hauri sequiosa toda a essência dela!

Deixei-a, porque a vi mais tarde, oh ciúme!
Sair velada da mantilha. A esteira
Sigo, até que a perdi, de seu perfume.

E agora, que se foi, lembrando-a ainda,
Sinto que, à luz do luar nas folhas, cheira
Este ar da noite àquela espádua linda!"

(*Poesias*, 3ª série, Francisco Alves, Rio, 1928, p. 65.)

Expressão de Olhar

A expressão merencória e derradeira
De seu olhar não ficará perdida.
Guardou-a o Céu. Lá, pela sementeira
De astros, nos campos do Éter desparzida.

Talvez nos raios pálidos a queira
Estrela nova, que à sidérea vida
Acordou, e lucila a vez primeira,
Para cismar, para sofrer nascida.

Talvez, mais próxima, a deseje a Lua
Em seu morrer por trás dos altos montes;
Talvez, enquanto, ó Sol do ocaso, ainda ardes,

Ela se estenda pelos horizontes,
Para, entre fumo ou círrus, que flutua,
Dor e mistério — entristecer as tardes.

(*Poesias,* 4ª série, Francisco Alves, Rio, 1928, p. 199.)

Adelino Fontoura

(1859-1884)

Atração e Repulsão

Eu nada mais sonhava nem queria
Que de ti não viesse, ou não falasse;
E como a ti te amei, que alguém te amasse
Coisa incrível até me parecia.

Uma estrela mais lúcida eu não via
Que nesta vida os passos me guiasse,
E tinha fé, cuidando que encontrasse,
Após tanta amargura, uma alegria.

Mas tão cedo extinguiste este risonho,
Este encantado e deleitoso engano,
Que o bem que achar supus, já não suponho.

Vejo enfim que és um peito desumano;
Se fui té junto a ti de sonho em sonho,
Voltei de desengano em desengano.

(Em *Revista da Academia Brasileira de Letras*,
ano XX, nº 93, setembro de 1929, p. 49.)

Celeste

É tão divina a angélica aparência
E a graça que ilumina o rosto dela,

Que eu concebera o tipo da inocência
Nessa criança imaculada e bela.

Peregrina do céu, pálida estrela
Exilada da etérea transparência,
Sua origem não pode ser aquela
Da nossa triste e mísera existência.

Tem a celeste e ingênua formosura,
E a luminosa auréola sacrossanta
Duma visão do céu, cândida e pura.

E quando os olhos para o céu levanta
Inundados de mística doçura,
Nem parece mulher — parece santa.

(*Ibidem*, p. 50.)

B. Lopes

(1859-1916)

Magnífica

Láctea, da lactescência das opalas,
Alta, radiosa, senhoril e guapa,
Das linhas firmes do seu corpo escapa
O aroma aristocrático das salas.

Flautas, violinos, harpas de oiro, em alas!
Labaredas do olhar, batei-lhe em chapa!
— Vênus, que surge, roto o céu da capa,
Num delírio de sons, luzes e galas!

Simples cousa é mister, simples e pouca,
Para trazer a estrela enamorada
De homens e deuses a cabeça louca:

Quinze jardas de seda bem talhada,
Uma rosa ao decote, árias na boca,[1]
E ela arrebata o sol de uma embaixada!

(*Brasões*, Fauchon & Cia., editores. Rio de Janeiro, 1895, p. 27.)

---

[1] *Louca, boca*: vide nota no fim do volume: Olavo Bilac 2.

Esmeralda

Esmeraldas no heráldico diadema,
No lóbulo da orelha cor-de-rosa;
O colo — arde na luz maravilhosa
De um tríplice colar da mesma gema.

No peito, aberto céu de alvura extrema,
Entre nuvens de tule vaporosa,
Verde constelação, na forma airosa
De principesca e recortada estema.

Agrilhoa-lhe o pulso um bracelete
Glaucas faíscas desprendendo; ao cinto
Um florão de esmeraldas por colchete;

Nos dedos finos igual pedra escalda...
Mas deixam todo esse fulgor extinto
Os seus dois grandes olhos de esmeralda!

(*Plumário*, Tip. Leuzinger, Rio de Janeiro, 1905, p. 21-22.)

Velho Muro

Velho muro da chácara! Parcela
Do que já foste: resto do passado,
Bolorento, musgoso, úmido, orlado
De uma coroa víride e singela.

Forte e novo eu te vi, na idade bela
Em que, falando para o namorado,
Tinhas no ombro de pedra debruçado
O corpo senhoril de uma donzela...

Linda epoméia te bordava a crista;
Eras, ao luar de leite, um linho albente,
Folha de prata, ao sol, ferindo a vista.

Em ti pousava a doce borboleta...
E quantas noites viste, ermo e silente,
Romeu beijando as mãos de Julieta!

(Ibidem, p. 25-26.)

SÓ

Medito, e acho-me só. A olhar me ponho
Toda a paisagem, silenciosa e linda.
O verde é belo, o azul mais belo ainda...
Belo talvez! mas pálido e tristonho.

Como ver flóreo o plaino e o céu risonho,
Se eu não ouço o tropel da sua vinda
— O séquito imperial de uma berlinda —
Ao castelo fantástico do Sonho?

Agora o dia, como um lis aberto;
Logo mais o crepúsculo, fechando
No cálix murcho o páramo deserto.

Depois a noite!... E eu sem a ver, sem tê-la,
O palácio do Sonho iluminando[1]
Como profunda o solitária estrela!

(Ibidem, p. 31-32.)

ANDORINHA

Andorinha que fizeste
Ninho em minh'alma, uma tarde,
E que andas no azul celeste
Cantando e fazendo alarde;

---
[1] Está "iluminado".

Que, em horas de forte calma,
Bebeste das crenças minhas,
Fazendo assim de minh'alma
Ribeirão das andorinhas;

Dize lá: porque não voltas
Ao teu recôndito abrigo,
Peregrina de asas soltas
Que pelas nuvens eu sigo?

Porque vives pelos ares,
Ó alma de pirilampo!
Quando há frutos nos pomares
E tanta flor pelo campo?

Foge do pranto e do frio,
As leves asas abrindo...
Olha o teu ninho vazio,
Sonho emplumado, e vem vindo...

Vem, recortando os espaços,
Num saudoso devaneio,
Cair tremente em meus braços,
Dormir tranqüila em meu seio!

Ah! já não vens, de asa espalma,
Saciar-te em mim, como vinhas...
Era então esta minh'alma
Ribeirão das andorinhas!

(*Val de lírios,* Laemmert & Cia., Rio de Janeiro, 1900, p. 119-121.)

PER RURA

A Domício da Gama

Clara manhã; rutilante
Ascende o sol no horizonte;
Corre uma aragem fragrante
Por vale, planície e monte,
Trazendo nas frias asas
Um lindo som de cantigas.

De cima daquelas casas,
Casinhas brancas e amigas,
Sobem fumos azulados;
E há pombos pelos telhados.

Cresce o rumor das cantigas...

Surge um farrancho de gente
Alegre, farta e contente,
De samburás e de gigas.
Andam colhendo as espigas
Do milharal pardo e seco;
É dali que vem o eco
De tão bonitas cantigas...

Cantai, cantai, raparigas!

(*Ibidem*, p. 123-124.)

CORAÇÃO DE MARIA

Ó lacrimoso e pálido junquilho!
Virgem das Dores, coração magoado
Pelo gládio da angústia atravessado!
Busca asilo a teus pés teu pobre filho.

Mostra-me o redentor e obscuro trilho
Que leva as almas ao teu seio amado,
A desviá-las da rampa do Pecado,
Que eu, entre gozos, sem saber, palmilho.

Desdobra as asas, Coração ferido!
Leva-me à paz do céu, depois de ungido,
Gelado o corpo, o morto olhar sem brilho;

À compassiva luz de um poente frouxo,
Abre-me o cálix dolorido e roxo,[1]
Ó lacrimoso e pálido junquilho!

(*Helenos*, Rio de Janeiro, p. 16.)

Paraíso Perdido

Outro, não eu, que desespero, ao cabo
De em pedrarias de arte e versos de ouro
Ter dissipado todo o meu tesouro
Como os florins e as jóias de um nababo;

Outro, não eu, que para o chão desabo,
Esquecendo-te as culpas e o desdouro,
E a teus pés de marfim, como o rei mouro,
Em torrentes de lágrimas acabo;

Outro conspurca-te a beleza augusta,
Cujo anseio de posse ainda me custa
Como um verme faminto andar de rastros.

E mais deploro este meu sonho falso
Ao recordar que andei no teu encalço
Pelo caminho rútilo dos astros!

(*Ibidem*, p. 17.)

---

[1] *Frouxo, roxo*: vide nota no fim do volume: Olavo Bilac 2.

Maria Antonieta

Dando a este poema alta feição de escudo,
Arde-me em lava a idéia! Enfim, aquilo
Que este ouro der, este ouro que burilo
Tem de radiar sob o cinzel agudo.

Rosas, acantos, símbolos... Ah! tudo
Que afirma o império da que n'alma asilo!
Floreio o bronze; estro e lavor de estilo
Neste ouro deixo e neste bronze estudo.

Febril, finos espíritos invoco...
Repontam signos, esmerilho a rima,
Canta e brilha o zodíaco no bloco!

Ei-lo! Brasão de graça, a glória o anima;
E ao dar-lhe título, afinal, coloco
Um diadema de pérolas em cima!

(*Ibidem*, p. 21.)

Suprema Rosa

Já lhe eu soubera da paixão das rosas,
E certa noite no jardim comigo,
Me falou de voltar ao culto e abrigo
Das suas grandes flores orgulhosas.

Pausou, pousando as pálpebras piedosas
Na mão flexível de marfim antigo...
Chamou-me poeta e me tratou de amigo
Para que a ouvisse na paixão das rosas...

Príncipe Negro... D. Afonso... E vinha
De sua boca uma efusão de nardo,
Fragrância estranha que o jardim não tinha.

Mas tudo pobre! E numa flor sonhara:
Aos pés, ferido, um coração de bardo,
— Rosa rota, rolando, rubra e rara!

(*Ibidem*, p. 23.)

VAS HONORABILE

Urna de castidade, arca de aliança
Das almas limpas para o Bem voltadas;
Mensageira da paz, de asas nevadas,
Trazendo ao bico o ramo de esperança;

Virgem de olhos cerúleos de criança
— Oh! minhas duas âmbulas sagradas!
Desce da glória as siderais escadas,
Minha Nossa Senhora da Bonança!

Entrem pelo mais pobre dos casebres
As doces, brancas, pequeninas lebres
De teus pés, mimo do Divino Artista;

Tem só bênçãos na mão, e o colo cheio
De indulto e graças — a que traz no seio
O cordeirinho de S. João Batista.

(*Ibidem*, p. 37.)

QUANDO EU MORRER

Quando eu morrer, em véspera tranqüila,
Num pôr-de-sol de goivos e saudade,
Da velha igreja, que a Madona asila,
O sino grande a soluçar Trindade;

Quando o tufão do mal que me aniquila
Soprar minh'alma para a Eternidade,
Todas as flores dos jardins da vila,
Certo, eu terei da tua caridade.

E, já na sombra amiga do cipreste,
Há-de haver uma lágrima piedosa,
A edênea gota, a pérola celeste,

Para quem desfolhou, terno, e a mãos cheias,
O lírio, o bogari, o cravo e a rosa
Pelas estradas brancas das aldeias.

(Ibidem, p. 48.)

A Partida

Senhora, adeus! Troveja. Em cada frincha
Das janelas e portas do castelo
Laiva em fogo o relâmpago amarelo,
E o vento, em fúrias, assovia e guincha.

Soltas as rédeas, e apertada a cincha,
No ardor sinistro, no infernal anelo
De arrancar-me aos teus braços, o morzelo
Na noite escarva e, bárbaro, relincha.

Upa! E aos granizos, escouceia a treva
O corcel de asas que comigo leva
Um fantasma de cinzas na garupa.

Voa!... Maldito vendaval de praga,
Que me põe a alma em pranto e o peito em chaga!
Adeus, luz dos meus olhos!... Upa! Upa!

(Ibidem, p. 49.)

Berço

Recordo: um largo verde e uma igrejinha,
Um sino, um rio, um pontilhão, e um carro
De três juntas bovinas que ia e vinha
Rinchando alegre, carregando barro.

Havia a escola, que era azul e tinha
Um mestre mau, de assustador pigarro...
(Meu Deus! que é isto? que emoção a minha
Quando estas cousas tão singelas narro?)

Seu Alexandre, um bom velhinho rico
Que hospedara a Princesa; o tico-tico
Que me acordava de manhã, e a serra...

Com o seu nome de amor Boa Esperança.
Eis tudo quanto guardo na lembrança
Da minha pobre e pequenina terra!

(*Ibidem*, p. 65.)

Minha Doce Amiga

Paremos juntos na tranqüilidade
Deste imortal crepúsculo do Afeto,
Onde há um altar, singelo e branco, ereto
À invocação da Pálida Saudade.

Concentra-te na Dor, e a flórea idade
Lê no Passado, o livro predileto,
Que eu vou desfiando, compassivo e quieto,
O rosário da minha mocidade...

Ouve o harmonium litúrgico da Mágoa,
Como um rio de lágrimas correndo,
A gemer e a chorar de frágua em frágua.

Que a Senhora dos Tristes nos bendiga!
Vou desfiando o rosário e vai tu lendo,
Meu pobre lírio, minha doce amiga...

(*Ibidem*, p. 72.)

ÚLTIMO LÍRIO,

morto em meu colo.

De um crepúsculo à queda suave e lenta
E do meu pranto ao solitário orvalho,
Nas suas mãos, doridas do trabalho,
Pus do Santo Sepulcro a vela benta.

Beijou Nosso Senhor, e a Paz, nevoenta,
Fechou-lhe os olhos para sempre! Espalho
Pelo seu rosto beijos, e a amortalho...
O sorriso final que bem lhe assenta!

Deito, depois, no humílimo ataúde
Meu lírio d'alma, o vaso de virtude
Que tanto e tanto neste val sofrera.

E assim, no seu caixão, pálida e fria,
Minha mãe aos meus olhos parecia
Uma piedosa lágrima de cera!

3 de setembro de 1901.

(*Ibidem*, p. 92.)

Augusto de Lima

(1860-1934)

No Mar

Em verde-negro, esconso lenho
Discorro o mar, de além a além...
O céu me pede o que eu não tenho,
O mar me nega o que ele tem.

O céu me pede a crença e o pranto,
Matar-me a sede o mar não quer;
Mesmo com o mar posso no entanto
Da minha mágoa o céu encher?

Quem me mandou a esta viagem?
Donde parti? Quando embarquei?
Qual meu roteiro? A que paragem?
Devo voltar? Não sei, não sei.

Que estranha voz... rumor das vagas...
Sombras além... névoas talvez...
Quem sabe? Estão próximas plagas
Onde aportar por uma vez.

Não tem a névoa essa figura,
O mar não fala. É uma ilusão.
Pensar em praia é uma loucura,
Aves não há nesta amplidão.

Desmaia a luz... o vento esfria,
Na água dormente a ressonar...
Por que o tremor que me arrepia,
Fitando o céu, fitando o mar?

Cai sobre mim a Noite imensa.
Que ela confunda em seu negror
As sombras vãs da minha crença,
A rouca voz do meu pavor!

Mudez e treva, olvido e nada...
Melhor. Não sinto o espectro meu.
No berço-esquife a alma encerrada
Pensa talvez que já morreu!

(*Poesias*, H. Garnier, Rio de Janeiro, 1909, p. 249-250.)

João Ribeiro

(1860-1934)

Soneto

Do mar e das espumas tu nasceste,
Ó forma ideal de todas as belezas,
Inda teu corpo, mal vestindo-o, veste
Um colar de marítimas turquesas.

Milhares de anos há que apareceste,
Outros milhares d'almas sempre acesas
No teu amor, lá vão seguindo presas
Da tua garra olímpica e celeste.

Beijo-te a boca e sigo embevecido
Ondas sobre ondas, pelo mar afora,
Louco, arrastado qual os mais têm sido,

Ora te vendo as formas nuas, ora
Toda nua a sentir-te em meu ouvido
Do eterno som dos beijos meus sonora.

1889.

(*Versos*, Jacinto Ribeiro dos Santos, Rio de Janeiro, 1902, p. 55-56.)

Simples Balada

I

"Tu vais partir, Dom Gil! Sus, cavaleiro!
"Essa tristeza da tua alma espanca!

"Deixa o penhor de um beijo derradeiro
"No retrato gentil de Dona Branca!"

II

Mas tanto fel no longo beijo havia,
E tanta incomparável amargura,

Que o solitário beijo aos poucos ia
Roubando à tela a pálida figura.

Cresce, recresce, as linhas devastando,
Nódoa voraz pela figura entorna.

Dom Gil onde se vai, que demorando
Não aparece, aos lares não retorna?!

E o beijo avulta devorando a trama
Do quadro, haurindo a pálida figura…

III

Tarde chega Dom Gil. De longe exclama:
— "Vou ver-te agora, ó santa criatura!"

Funda tristeza o rosto lhe anuvia.
Quem de Dom Gil esta tristeza espanca?

Havia um beijo — eis tudo quanto havia!
A tela estava inteiramente branca.

1886.

(*Ibidem*, p. 167-168.)

Raimundo Correia

(1860-1911)

***

Ser moça e bela ser, por que é que lhe não basta?
Por que tudo o que tem de fresco e virgem gasta
E destrói? Por que atrás de uma vaga esperança
Fátua, aérea e fugaz, frenética se lança
A voar, a voar?...

              Também a borboleta,
Mal rompe a ninfa, o estojo abrindo, ávida e inquieta,
As antenas agita, ensaia o vôo, adeja;
O finíssimo pó das asas espaneja;
Pouco habituada à luz, a luz logo a embriaga;
Bóia do sol na morna e rutilante vaga;
Em grandes doses bebe o azul; tonta, espairece
No éter; voa em redor; vai e vem; sobe e desce;
Torna a subir e torna a descer; e ora gira
Contra as correntes do ar, ora, incauta, se atira
Contra o tojo e os sarçais; nas puas lancinantes
Em pedaços faz logo as asas cintilantes;
Da tênue escama de ouro os resquícios mesquinhos
Presos lhe vão ficando à ponta dos espinhos;
Uma porção de si deixa por onde passa,

E, enquanto há vida ainda, esvoaça, esvoaça,
Como um leve papel solto à mercê do vento;

Pousa aqui, voa além, até vir o momento
Em que de todo, enfim, se rasga e dilacera...[1]

Ó borboleta, pára! Ó mocidade, espera!

(Poesias, 2ª edição, Parceria Antônio Maria Pereira, Lisboa, 1906, p. 14-15.)

AS POMBAS

Vai-se a primeira pomba despertada...
Vai-se outra mais... mais outra... enfim dezenas
De pombas vão-se dos pombais, apenas
Raia, sangüínea e fresca, a madrugada...

E à tarde quando a rígida nortada
Sopra, aos pombais de novo elas, serenas,
Ruflando as asas, sacudindo as penas,
Voltam todas em bando e em revoada...

Também dos corações onde abotoam,
Os sonhos, um por um, céleres voam,
Como voam as pombas dos pombais;

No azul da adolescência as asas soltam,
Fogem... Mas aos pombais as pombas voltam,
E eles aos corações não voltam mais...[2]

(Ibidem, p. 16.)

---

[1] Vide nota à p. 120 da *Antologia dos poetas brasileiros da fase romântica*, de minha autoria.
[2] Cf. Téophile Gauthier. *Mlle Maupin*: "*Si tu viens trop tard, ô mon idéal! je n'aurai plus la force de t'aimer: mon âme est comme un colombier tout plein de colombes. À toute heure du jour il s'envole quelque désir. Les colombes reviennent au colombier, mais les désirs ne reviennent point au coeur.*" Cf. também a poesia "*Les colombes*" do mesmo Gauthier.

O Vinho de Hebe

Quando do Olimpo nos festins surgia
Hebe risonha, os deuses majestosos
Os copos estendiam-lhe, ruidosos,
E ela, passando, os copos lhes enchia...

A Mocidade, assim, na rubra orgia
Da vida, alegre e pródiga de gozos,
Passa por nós, e nós também, sequiosos,
Nossa taça estendemos-lhe, vazia...

E o vinho do prazer em nossa taça
Verte-nos ela, verte-nos e passa...
Passa, e não torna atrás o seu caminho.

Nós chamamo-la em vão; em nossos lábios
Restam apenas tímidos ressábios,
Como recordações daquele vinho.

(Ibidem, p. 17.)

Tristeza de Momo

Pela primeira vez, ímpias risadas
Susta em prantos o deus da zombaria;
Chora; e vingam-se dele, nesse dia,
Os silvanos e as ninfas ultrajadas;

Trovejam bocas mil escancaradas,
Rindo; arrombam-se os diques da alegria;
E estoira descomposta vozeria
Por toda a selva, e apupos e pedradas...

Fauno, indigita; a Náiade o caçoa;
Sátiros vis, da mais indigna laia,
Zombam. Não há quem dele se condoa!

E Eco propaga a formidável vaia,
Que além por fundos boqueirões reboa
E, como um largo mar, rola e se espraia...

(*Ibidem*, p. 56.)

O JURAMENTO

— Cavaleiro, o juramento
São frases soltas ao vento...
Ai de quem der cumprimento
A tudo o que assim jurar!
      — Mas como há-de ao juramento
      Um cavaleiro faltar?!

— Jura então que do ciúme
Jamais virá o azedume
O amor, que mal se resume
Em beijos, afelear.
      — Ai de mim, que o meu ciúme
      Eu não no posso domar!

—Jura mais, que hás-de ao primeiro
Que suspeite de ligeiro
Meu coração, cavaleiro,
A tua luva atirar.
      — Ai de mim! Fui o primeiro
      Que disso ousou suspeitar!

— Jura enfim que hás-de, essa espada
Vibrando, a mulher amada
Por tal suspeita afrontada,
Com sangue desafrontar.
      — Ai de mim, que hei-de esta espada
      Contra mim mesmo voltar!

(*Ibidem*, p. 24-25.)

DESDÉNS

Realçam no marfim da ventarola
As tuas unhas de coral — felinas
Garras, com que, a sorrir, tu me assassinas,
Bela e feroz... O sândalo se evola;

O ar cheiroso em redor se desenrola;
Pulsam os seios, arfam as narinas...
Sobre o espaldar de seda o torso inclinas
Numa indolência mórbida, espanhola...

Como eu sou infeliz! Como é sangrenta
Essa mão impiedosa, que me arranca
A vida aos poucos, nesta morte lenta!

Essa mão de fidalga, fina e branca;
Essa mão, que me atrai e me afugenta,
Que eu afago, que eu beijo, e que me espanca!

(Ibidem, p. 66.)

ÁRIA NOTURNA

Da janela em que olhando para fora,
Bebes da noite o incenso a longos tragos,
Claro escorre o luar... Em sonhos vagos,
Atrás da sombra espreita, rindo, a aurora...

Longe uns dolentes, músicos afagos,
Sentes?... Não é o rouxinol, que chora
Nas balsas, nem o vento que desflora
A toalha friíssima dos lagos...

É ele: e vaga toda a noite, enquanto
O luar macilento e o campo flóreo
Tressuam mole e pérfido quebranto...

Não lhe ouças, filha, o canto merencório!
Fecha a janela e foge, que esse canto
Vem da guitarra de D. Juan Tenório!

(Ibidem, p. 76.)

ANOITECER

A Adelino Fontoura

Esbraseia o Ocidente na agonia[3]
O sol... Aves em bandos destacados,
Por céus de oiro e de púrpura raiados
Fogem... Fecha-se a pálpebra do dia...

Delineiam-se, além da serrania[4]
Os vértices de chama aureolados,
E em tudo em torno esbatem derramados
Uns tons suaves de melancolia...

Um mundo de vapores no ar flutua...[5]
Como uma informe nódoa, avulta e cresce
A sombra à proporção que a luz recua...

A natureza apática esmaece...
Pouco a pouco entre as árvores a lua
Surge trêmula, trêmula... Anoitece.[6]

(Ibidem, p. 82.)

---

[3] Na edição original das *Sinfonias* estava:
"Vê: esbrascia o Ocaso na agonia..."
[4] Na edição original estava sem vírgulas.
[5] Na edição original estava uma vírgula em lugar da reticência.
[6] Na edição original estava ponto de exclamação.

A CAVALGADA[7]

A lua banha a solitária estrada...
Silêncio!... mas além, confuso e brando,[8]
O som longínquo vem se aproximando [9]
Do galopar de estranha cavalgada.

São fidalgos que voltam da caçada;
Vêm alegres, vêm rindo, vêm cantando,
E as trompas a soar vão agitando
O remanso da noite embalsamada...

E o bosque estala, move-se, estremece...[10]
Da cavalgada o estrépito que aumenta
Perde-se após no centro da montanha...

E o silêncio outra vez soturno desce,
E límpida, sem mácula, alvacenta[11]
A lua a estrada solitária banha...

(*Ibidem*, p. 84.)

NO OUTONO

A ardência em vão te aplaca ao lábio lindo
Esse angélico sopro e hálito ameno:
— Vento outonal de longes campos vindo
Cheios de fresco, de oloroso feno...[12]

---

[7] Na edição original das *Sinfonias* vinha este soneto dedicado a José Leão.
[8] Na edição original estava "flébil" em lugar de "confuso".
[9] Na edição original estava "longíquo" em lugar de "longínquo".
[10] Na edição original estava: "E o bosque estala e move-se e estremece..."
[11] Na edição original estava: "E límpida e sem mácula e alvacenta".
[12] Em *A Semana*, de 21 de agosto de 1886, estava "cheiroso" em vez de "oloroso".

Antes, sob o anilado espaço infindo,
Víssemos nós, verdes em flor, e em pleno
Ar, úmidas do choro do sereno,
As laranjeiras virginais sorrindo...

Antes, da primavera o sol, que amamos,
Seus dardos a espalhar entre os abrolhos,[13]
Híspido manto dos penedos brutos —[14]

E em vez dos frutos de oiro, que há nos ramos,
Antes, querida, vissem nossos olhos
As flores, que eram berços desses frutos...

(Ibidem, p. 88.)

FASCINAÇÃO

Todo o teu ser contemplo agora; e é quando,
Só para o contemplar até prescindo
Do meu; e enquanto o meu se vai sumindo,
Vai o teu aos meus olhos avultando...

Assim quem vai o pincaro galgando
De uma alta serra, do horizonte infindo,
Nota que, à proporção que vai subindo,
Se vai em torno o círculo ampliando...

E, ínfimo em face da amplidão tão grande,
Fosco, a pupila, com pavor, expande...
Abaixo mares vê, selvas, cidades,

Montanhas... E até onde o olhar atinge,
À imensidade esplêndida, que o cinge,
Vê ligarem-se mais imensidades...

(Ibidem, p. 89.)

---

[13] Em A Semana estava "a partir contra" em vez de "espelhar entre".
[14] Em A Semana estava "Que a rocha viva brota, híspidos, brutos".

PEREGRINAS

Vejo-as inda passar, pálidas, belas;
Ouço-lhes inda as vozes amorosas,
Falando aos vales: — Que estendal de rosas!
E aos céus falando: — Que porção de estrelas!

Almas em flor, e ressoando nelas,
Doce, a gusla das aves, em radiosas
Manhãs a arder em púrpura, e, cheirosas,
A orvalhar-lhes as cândidas capelas...

Iam atrás de uma ilusão, de um ninho,
De uma nuvem, de um eco... e, já prostradas,
Vejo-as todas em meio do caminho...

Chora-as o sol das mesmas alvoradas;
E ei-las dormindo, ao capitoso vinho
Dessas lágrimas de oiro embriagadas.

(*Ibidem*, p. 92.)

SÓROR PÁLIDA

Bem haja inda esse raio solitário
Da luz que, tanta, em mim resplandecia;
Esse que — único e triste alampadário —
As ruínas desta alma inda alumia;

E a piedosa visão, que ante o sacrário
Da antiga fé se ajoelhou, sombria,
E, pelas negras contas do rosário,
O rosário das lágrimas desfia...

Bem haja essa que, pálida e marmórea,
Do amor extinto inda soluça o nome,
Debulhando-lhe as sílabas ao vento;

E inda depõe no túmulo, — onde a glória,
O sonho, a vida, a luz, tudo se some, —
Uma flor, uma frase, um pensamento.[15]

(*Ibidem*, p. 91.)

PEREGRINA

I

Zagais do monte que um lindo
Rebanho estais a guardar,
— Essa em pós da qual vou indo,
Acaso a vistes passar?

Fonte entre seixos filtrada,
— Não veio ela aqui beber?
Florinhas que orlais a estrada,
— Não vos veio ela colher?

E vós, peregrino bando
De andorinhas a emigrar,
— Essa em cujo encalço eu ando,
Não na vistes vós passar?

II

Sem responderem, lá se iam
As andorinhas pelo ar;
E as florinhas não sabiam
Resposta nenhuma dar;

---

[15] Cf. Alberto de Oliveira, soneto "Horas mortas" (*Poesias*, 3ª série, Livraria Francisco Alves, Rio, 1928, p. 52), cujo último verso é:
"Um verso, um pensamento, uma saudade."
Cf. ainda Fagundes Varela, "Soneto" (*Vozes da América*, Tip. de A. J. da Silva Teixeira, Porto, 1876, p. 75); o último verso é:
"Uma idéia, uma queixa, uma saudade!"

E a água corrente da fonte
Corria sem responder;
E os pobres zagais do monte
Nada sabiam dizer.

Mas no fim da estrada havia
Uma pedra tumular:
Esta, ai! sim, responderia,
Caso pudesse falar.

(*Ibidem*, p. 100-101.)

O Monge

— "O coração da infância", eu lhe dizia,
"É manso." E ele me disse: — "Essas estradas,
Quando, novo Eliseu, as percorria,
As crianças lançavam-me pedradas..."

Falei-lhe então na glória e na alegria;
E ele — alvas barbas longas derramadas
No burel negro — o olhar somente erguia
Às cérulas regiões ilimitadas...

Quando eu, porém, falei no amor, um riso
Súbito as faces do impassível monge
Iluminou... Era o vislumbre incerto,

Era a luz de um crepúsculo indeciso
Entre os clarões de um sol que já vai longe
E as sombras de uma noite que vem perto!...

(*Ibidem*, p. 108.)

Plenilúnio

Além nos ares, tremulamente,
Que visão branca das nuvens sai!
Luz entre as franças, fria e silente;
Assim nos ares, tremulamente,
Balão aceso subindo vai...

Há tantos olhos nela arroubados,
No magnetismo do seu fulgor!
Lua dos tristes e enamorados,
Golfão de cismas fascinador!

Astro dos loucos, sol da demência,
Vaga, noctâmbula aparição!
Quantos, bebendo-te a refulgência,
Quantos por isso, sol da demência,
Lua dos loucos, loucos estão!

Quantos à noite, de alva sereia
O falaz canto na febre a ouvir,
No argênteo fluxo da lua cheia,
Alucinados se deixam ir...

Também outrora, num mar de lua,
Voguei na esteira de um louco ideal;
Exposta aos euros a fronte nua,
Dei-me ao relento, num mar de lua,
Banhos de lua que fazem mal.

Ah! quantas vezes, absorto nela,
Por horas mortas postar-me vim
Cogitabundo, triste, à janela,
Tardas vigílias passando assim!

E assim, fitando-a noites inteiras,
Seu disco argênteo n'alma imprimi;
Olhos pisados, fundas olheiras,
Passei fitando-a noites inteiras,
Fitei-a tanto, que enlouqueci!

Tantos serenos tão doentios,
Friagens tantas padeci eu;
Chuva de raios de prata frios
A fronte em brasa me arrefeceu!

Lunárias flores, ao feral lume,
— Caçoilas de ópio, de embriaguez —
Evaporavam letal perfume...
E os lençóis d'água, do feral lume
Se amortalhavam na lividez

Fúlgida névoa vem-me ofuscante
De um pesadelo de luz encher,
E a tudo em roda, desde esse instante,
Da cor da lua começo a ver.

E erguem por vias enluaradas
Minhas sandálias chispas a flux...
Há pó de estrelas pelas estradas...
E por estradas enluaradas
Eu sigo às tontas, cego de luz...

Um luar amplo me inunda, e eu ando
Em visionária luz a nadar,
Por toda a parte, louco, arrastando
O largo manto do meu luar...

(*Ibidem*, p. 109-111.)

Pélago Invisível

Sentes-lhe, acaso, o soluçoso grito,
Os bravos estos, o guaiar plangente?!
Ah! Ninguém vê, mas todo o mundo sente
Dentro, n'alma, um Atlântico infinito...

De um mar à borda eu me debruço aflito...
Não mires a este espelho a alma inocente!
Verto aí, muita vez, meu pranto ardente;
Muita vez, clamo; muita vez, medito...

E ele, ora, inchado, estoira e arqueja e nuta;
Ora, túrgido, a c'roa vitoriosa,
De rutilante espuma, aos céus levanta;

Ora, plácido, ofega... e só se escuta
A saudade — sereia misteriosa,
Que em suas praias infinitas canta...

(Ibidem, p. 115.)

Saudade

A Henrique de Magalhães.

Aqui outrora retumbaram hinos;
Muito coche real nestas calçadas
E nestas praças, hoje abandonadas,
Rodou por entre os ouropéis mais finos...

Arcos de flores, fachos purpurinos,
Trons festivais, bandeiras desfraldadas,
Girândolas, clarins, atropeladas
Legiões de povo, bimbalhar de sinos...

Tudo passou! Mas dessas arcarias
Negras, e desses torreões medonhos,
Alguém se assenta sobre as lájeas frias;

E em torno os olhos úmidos, tristonhos,
Espraia, e chora, como Jeremias,
Sobre a Jerusalém de tantos sonhos!...

(Ibidem, p. 116.)

Mal Secreto

Se a cólera que espuma, a dor que mora
N'alma, e destrói cada ilusão que nasce,
Tudo o que punge, tudo o que devora
O coração, no rosto se estampasse;

Se se pudessse o espírito que chora
Ver através da máscara da face,
Quanta gente, talvez, que inveja agora
Nos causa, então piedade nos causasse!

Quanta gente que ri, talvez, consigo
Guarda um atroz, recôndito inimigo,
Como invisível chaga cancerosa!

Quanta gente que ri, talvez existe,
Cuja ventura única consiste
Em parecer aos outros venturosa![16]

(Ibidem, p. 119)

---

[16] Cf. Metastásio:

"Si a ciascun l'intimo affano / "Si legesse in fronte 'scritto, / "Quanti mai che invidia fanno / "Ci farebbero pietà! / "Si vedria che i lor nemici / "Hanno in seno, e se riduce / "Nel parere a noi felici / "Ogni lor felicità!"

Fragmento das
"Harmonias de Uma Noite de Verão"

Em vão sobre mim te elevas
E a luz da razão me espancas,
Ó noite! — e minha alma trancas
Neste túmulo de trevas!

Neste túmulo, onde jaz
Meu espírito indeciso,
Brilha às vezes um sorriso,
Treme um lampejo fugaz;

E então, do teu antro horrendo
Vão-se os monstros que produzes;
Vão-se, uma por uma, as luzes
Da fantasia acendendo;

E, às intensas vibrações
Do sol, todo embandeirado
Fulge, resplende o encantado
Palácio das ilusões...

Mas dura tudo um momento;
De novo em trevas me abismas,
Ó noite! e em mais fundas cismas
Recai o meu pensamento.

Vão-se a esperança e o sorrir,
Vagas deste mar infindo,
Praias de ouro descobrindo,
Que tornam logo a cobrir...

Assim sobre as cinzas corre
Um sopro, e, efemeramente,
Faísca a brasa latente,
Arde, arqueja e, afinal, morre...

(*Ibidem*, p. 152-153.)

Beijo Póstumo[17]

Do meu primeiro amor, eis-lo o templo em ruína![18]

No estômago da morte, atro e voraginoso,
Essa carne ideal, deliciosa e fina,
Caiu como um manjar fino e delicioso!

E antes que tudo venha a supurar em flores,
Sob o pudor da morte os membros seus inermes
Têm de ser fatalmente o pábulo dos vermes
        Frios e roedores...

E o beijo que pedi e ela jamais me deu,
Que em vida quis colher e nunca foi colhido,
Cai do seu lábio como um fruto apodrecido...

Ó beijo virginal! fruto que apodreceu!

(Ibidem, p. 126.)

Banzo[19]

Visões que n'alma o céu do exílio incuba,
Mortais visões! Fuzila o azul infando...
Coleia, basilisco de ouro, ondeando
O Níger... Bramem leões de fulva juba...

Uivam chacais... Ressoa a fera tuba
Dos cafres, pelas grotas retumbando,
E a estralada das árvores, que um bando
De paquidermes colossais derruba...

---

[17] Vide nota no fim do volume: Raimundo Correia 1.

[18] *Eis-lo*: está assim. Suponho-o descuido tipográfico escapado à revisão. O poeta nunca usou em outras poesias a forma arcaica: vide mais adiante o soneto "Vana".

[19] Vide nota no fim do volume: Raimundo Correia 2.

Como o guaraz nas rubras penas dorme,
Dorme em nimbos de sangue o sol oculto...
Fuma o saibro africano incandescente...

Vai co'a sombra crescendo o vulto enorme
Do baobá... E cresce n'alma o vulto
De uma tristeza imensa, imensamente...

(Ibidem, p. 135.)

JOB

Quem vai passando, sinta
Nojo embora, ali pára. Ao princípio era um só;
Depois dez, vinte, trinta
Mulheres e homens... tudo a contemplar o Job.

Qual fixa boquiaberto;
Qual à distância vê, qual se aproxima altivo,
Para olhar mais de perto
Esse pântano humano, esse monturo vivo.

Grossa turba o rodeia...
E o que mais horroriza é vê-lo a mendigar,
E ninguém ter a idéia
De um só vintém às mãos roídas lhe atirar!

Não! Nem ver que a indigência
Em pasto o muda já de vermes; e lhe impera,
Na imunda florescência
Do corpo, a podridão em plena primavera;

Nem ver sobre ele, em bando,
Os moscardos cruéis de ríspidos ferrões,
Incômodos, cantando
A música feral das decomposições;

Nem ver que, entre os destroços
De seus membros, a Morte, em blasfêmias e pragas,
Descarnando-lhe os ossos,
Os dentes mostra a rir, pelas bocas das chagas;

Nem ver que só o escasso
Roto andrajo, onde a lepra horrível que lhe prui,
Mal se encobre, e o pedaço
De telha, com que a raspa, o mísero possui;

Nem do vento às rajadas
Ver-lhe os farrapos vis da roupa flutuante,
Voando — desfraldadas
Bandeiras da miséria imensa e triunfante!

Nem ver... Job agoniza!
Embora; isso não é o que horroriza mais.
— O que mais horroriza
São a falsa piedade, os fementidos ais;

São os consolos fúteis
Da turba que o rodeia, e as palavras fingidas,
Mais baixas, mais inúteis
Do que a língua dos cães, lambendo-lhe as feridas;

Da turba que se, odienta,
Com a pata brutal do seu orgulho vão
Não nos magoa, inventa,
Para nos magoar, a sua compaixão!

Se há, entre a luz e a treva,
Um termo médio, e em tudo há um ponto mediano,
É triste que não deva
Haver isso também no coração humano!

Porque nalma não há-de
Um meio termo haver dessa gente também,
Entre a inveja e a piedade?
Pois tem piedade só, quando inveja não tem!

(Ibidem, p. 139-141.)

Vana

Baixa a mim, alma angélica e impoluta!
Traze a meu ermo o sol da primavera,
A água que o lábio seco refrigera,
A urna de aroma e orvalho, e a flor e a fruta...

Troca a cerúlea, constelada esfera,
Pela, em que habito, solitária gruta!
Tomba em meu seio! Ei-lo a bater... Escuta
O coração ansioso, que te espera!

Vem, mas tal qual, em seu delírio insano,
A alma te sonha, te deseja e sente;
Mulher, não: ser divino e sobre-humano!

Porém, se acaso assim não és, detém-te!
Não venhas! Deixa-a nesse doce engano!
Deixa-a a esperar-te em vão, eternamente![20]

(Ibidem, p. 148.)

Ondas

Ilha de atrozes degredos!!
Cinge um muro de rochedos
Seus flancos. Grosso a espumar
Contra a dura penedia,
Bate, arrebenta, assobia,
Retumba, estrondeia o mar.

---
[20] *Detém-te, eternamente*: rima imperfeita.

Em circuito, o Horror impera;
No centro, abrindo a cratera
Flagrante, arroja um vulcão
Ígnea blasfêmia às alturas...
E, nas ínvias espessuras,
Brame o tigre, urra o leão.

Aqui chora, aqui, proscrita,
Clama e desespera aflita
A alma, de si mesma algoz,
Buscando, na imensa plaga,
Entre mil vagas, a vaga,
Que neste exílio a depôs.

Se a vida a prende à matéria,
Fora desta, a alma, sidérea,
Radia em pleno candor;
O corpo, escravo dos vícios,
É que teme os precipícios,
Que este mar cava em redor.

No azul eterno ela busca,
No azul, cujo brilho a ofusca,
Pairar, incendida ao sol,
Despindo a crusta vil, onde
Se esconde, como se esconde
A lesma em seu caracol.

Contempla o infinito... Um bando
De gerifaltos voando
Passou, desapareceu
No éter azul, na água verde...
E onde esse bando se perde,
Seu longo olhar se perdeu...

Contempla o mar, silenciosa:
Ora mansa, ora raivosa,
Vai e vem a onda minaz,

E, entre as pontas do arrecife,
Às vezes leva um esquife,
Às vezes um berço traz.

Contempla, de olhos magoados,
Tudo... Muitos degredados
Findo o seu degredo têm;
Vão-se na onda intumescida
Da Morte; mas, na da Vida,
Novos degredados vêm.

Ó alma contemplativa!
Vem já, desumana e altiva,
Entre essas ondas, talvez,
A que, no supremo esforço
Da Morte, em seu frio dorso,
Te leve ao largo outra vez.

Quanto esplendor! São aquelas
As regiões de luz, que anelas.
Rompe os rígidos grilhões,
Com que à Carne te agrilhoa
O instinto vital! E voa,
E voa àquelas regiões!...

(*Ibidem*, p. 190-192.)

BÁLSAMO NOS PRANTOS

Chora. Uma grande dor te punja e corte
E de prantos te inunde a face austera,
Já que uma dor pequena prantos gera
Na alma de um fraco, só, por que a suporte.

Certo, não torce um coração que é forte,
A dor que um frágil coração torcera;
Peitos de bronze, não; peitos de cera
É que a dor amolece desta sorte.

Prantos, bálsamo e alívio de quem chora,
Sejam frutos do amor, ou sejam frutos
Do ódio, bem haja a dor que os faz chorar!

Bem haja a dor que pôde, enfim, agora,
Na aridez desses olhos sempre enxutos,
Duas fontes de lágrimas rasgar.

(*Ibidem*, p. 196.)

BALATA

Ninho de rola e corola
De flor tens porque és, amor,
Débil como a flor, ó rola!
Alva como a rola, ó flor!

Rola — um áspide em teu ninho
Enrosca-se e pula, horror!
Flor — tens no caule um espinho,
Que sangra e que mata, ó flor!

Toquei-te, flor, na corola,
Rola — em teu ninho de amor.
Mordeu-me o áspide — rola!
O espinho feriu-me — flor!

Flor, mata-me o teu espinho!
Rola, o teu áspide! e, horror,
Eu, amo-te ainda o ninho,
Ó rola! e a corola, ó flor!

(*Sinfonias*, Livr. Ed. Faro e Lima, Rio, 1883, p. 123-124.)

A Luís Delfino

Abandonas às vezes a alta crista
Do pujante Himalaia onde te entonas;
O estrondar do Niagara, e as verdes zonas,
Que, de tão verdes, fazem mal à vista;

Os amplos céus, e os largos Amazonas
Selvas rasgando, em triunfal conquista;
E por Anacreonte, Ésquilo — artista —
Do ar baixando, em que pairas, abandonas...

E em vez dos grandes rios, buscas, poeta,
O arroio em cujas plácidas e amenas
Balsas soluça, à noite, o rouxinol;

Cujas margens setembro, em flor, marcheta;
E em cujas águas molha o cisne as penas,
E a corça vem beber ao pôr-do-sol...

(Em *A vespa*, ano I, nº 14, de abril de 1885.)

No Salão do Conde

É noite. Muita luz. Salão repleto
De gente... — "Ó gentes! Pois ninguém recita?
Recite alguma coisa, seu Barreto!"
A voz do conde, entre outras vozes, grita.

Este Barreto é um homem de bonita
Cara, suíças e bigode preto.
Quanto ao nariz... se eu falo, ele se irrita;
Nem cabe tal nariz em tal soneto!

É alto, ama o pão mole e o verso duro;
Já um braço quebrou saltando um muro;
Sofre do peito e faz canções à lua.

Soa o piano. Sua o bardo. A fria
Mão leva à testa; tosse e principia:
— "Era no outono, quando a imagem tua"...

(Em *A gazetinha*, nº de 20-21 de fevereiro de 1882.)

Raul Pompéia

(1863-1895)

Negro, morte

O CONTRASTE DA LUZ é a noite negra.

Sente-se na epiderme a carícia do calefrio; envolve-nos um clima glacial; estranha brisa penetra-nos, feita de agulhas de gelo. Em vão flameja o sol a pino. Sente-se dentro na altura a noite negra, invernosa, polar; sofre-se o contacto da Sombra. Tudo trevas, sinistramente trevas. O dia, replandecente na alvura dos edifícios, produz o efeito da prata nos catafalcos. Vemos as flores, o prado. Monstros! Reclamam a carne do pé que os pisa; o verme sôfrego espreita-nos através da terra… Ri? Mas o riso tem a cruel vantagem de acentuar, sob a pele, a caveira…

Há destas escuras noites no espírito.

Rosa, amor

O SORRIR DAS VIRGENS, e o adorável pudor, e a primeira luz da manhã.

Esta criança pensativa. Acompanha com a vista o revoar dos pombos; escuta o misterioso segredo dos casais pousados. Vive-lhe ainda no semblante a candura da infância e nos formosos cabelos o cálido aroma do berço. Súbito, duas pombas partem. Vão. Longe, são como pontos brancos no azul; o bater das asas imita cintilações: vão, espaço afora, estrelas enamoradas.

A cismadora criança experimenta a vertigem do azul e a alma escapa, sedenta de amplidão, e voa ao encalço das estrelas.

Há noites de pavor nas almas, há belos dias igualmente e gratas expansões matinais, auroras de rosa como em Homero.

***

Há também nas almas o incolor diáfano do vidro.

Dinheiro, amor, honraria, sucesso, nada me falta. O programa das ambições tracei, realizei. Tive a meu serviço a inteligência estudiosa do Ocidente e a sensualidade amestrada do Levante. Tive por mim as mulheres como deusas e os homens como cães. Nada me falta e disto padeço. Todos dizem: aspiração! e eu não aspiro. Todos sentem a música do universo e a harmonia colorida dos aspectos. Para mim só, vítima da saciedade! tudo é vazio, escancarado, nulo como um bocejo.

E os dias passam, que vou contando lento, lento, torturado pela implacável cor de vidro que me persegue.

(*Canções sem metro*,[1] Tip. Aldina, Rio, 1900, p. 13-15.)

A NOUTE

> ... Le ciel
> Se ferme lentement comme une grande alcôve,
> Et l'homme impatient se change en bête fauve.
>
> C. BAUDELAIRE.

CHAMAMOS TREVA À NOUTE. A noute vem do Oriente como a luz. Adiante, voam-lhe os gênios da sombra, distribuindo estrelas e pirilampos. A noute, soberana, desce. Por estranha magia revelam-se os fantasmas de súbito.

Saem as paixões más e obscenas; a hipocrisia descasca-se e aparece; levantam-se no escuro as vesgas traições, crispando os punhos ao cabo dos punhais; à sombra do bosque e nas ruas ermas, a alma perversa e a alma bestial encontram-se como amantes apalavrados; tresanda o miasma da orgia e da maldade — suja o ambiente; cada nova lâmpada que se acende, cada lâmpada que expira é um olhar torvo ou um olhar lúbrico; familiares e insolentes, dão-se as mãos o vício e o crime — dois bêbedos.

---

[1] Vide nota no fim do volume: Raul Pompéia.

Longe daí, a gemedora maternidade elabora a certeza das orgias vindouras.

E a escuridão, de pudor, cerra-se, mais intensa e mais negra.

Chamamos treva à noute — a noute que nos revela a subnatureza dos homens e o espetáculo incomparável das estrelas.

(Ibidem, p. 43-44.)

Esperança

Sonnez, sonnez toujours, clairons de la pensée!

Victor Hugo — Châtiments.

Aí vem a luz. Nodoa-se de sangue a madrugada como o cenário de uma hecatombe; o sol desponta apunhalando as nuvens com uma explosão de dardos.

Analogia das revoluções. Às vezes, a noite congloba no levante a resistência das sombras; quer enfrentar o sol que chega, ambicioso e sanguinário, como Macbeth. Louca obstinação da noite! Através das nuvens destroçadas e em sangue, o dia!

Cantai, clarins das alvoradas! Vasta escuridão afronta ainda o oriente das esperanças humanas.

Está por travar-se a batalha definitiva da grande aurora. Conclua-se a tragédia secular da liberdade!

(Ibidem, p. 56.)

Rumor e Silêncio

...Così tra questa
Immensità s'annega il pensier mio;
E il naufragar m'è dolce in questo mare.

G. Leopardi — L'infinito.

Ouvis lá abaixo o rumor da cidade, a grita dos homens, o estridor dos carros, o tropel dos ginetes, o fragor das indústrias? Ouvis de outra banda a voz do arvoredo, os pássaros saudando a tarde, o vento angustiando a harpa eólica das frondes? Ouvis esse clamor ingente que as ondas mandam? É a sinfonia da vida.

Diz-se então que o silêncio é a morte.

Multiplicai esses rumores. Agravai o tumulto industrial dos homens na paz com as perturbações estrepitosas da guerra; reforçai as vozes da floresta e do mar; juntai-lhes a solene toada das catadupas, o pungente mugir dos oceanos lanceados pelo temporal, as explosões elétricas do raio, a crepitação fragorosa dos gelos derrocados pelo primeiro sopro da primavera polar, o garganteio monstruoso dos vulcões inflamados; fazei rugir o coro das catástrofes humanas e dos cataclismas geológicos.

Dizei, depois, onde mais intensa é a vida e maior o assombro, se embaixo ou lá em cima, no zimbório diáfano que a noite vai conquistando agora, na savana imensa onde transita a migração dos dias e viajam as estrelas, onde os meteoros vivem, onde os cometas cruzam-se como espadas fantásticas de arcanjos em guerra — na mansão dos astros e do sagrado silêncio do infinito?

(*Ibidem*, p. 63-64.)

Venceslau de Queirós

(1863-1921)

BEATA BEATRIX

Dizem que és casta, és santa, és pura...
E, na verdade, quem te veja
O rosto... os olhos... a figura
Que lembra as santas de uma igreja,

Por Deus! negar não pode, jura
Que és pura, és santa, és casta, e beija
Com untuosa compostura
Tua mão branca e benfazeja [1]

Mas que o Senhor me fira em cheio
O coração, se em longo anseio
Da mais brutal paixão espúria,

Teu corpo em meus braços de ferro
Não palpitou ouvindo o berro
Do bode negro da luxúria!

(Em *Almanaque literário Garnier*, ano de 1906, p. 275.)

---

[1] *Beija, benfazeja*: vide nota no fim do volume: Olavo Bilac 2.

Coelho Neto

(1864-1934)

Da "Pastoral"

Uma voz:

I

"Não te exponhas", disse a velha,
"À luz fria do luar;
Deixa que se perca a ovelha,
Gado não te há-de faltar.
É o lobo, e não a flauta,
Que te atrai ao seu algar.
Não saias, donzela incauta,
    Ao luar."

II

Mas a moça, a noite inteira,
Ouviu a ovelha balar,
Tão triste e só na lareira,
Que não pôde descansar.
E enquanto a velha dormia,
Fugiu, deixando o seu lar;
Era claro como o dia
    O luar.

III

Desde então anda esgarrada
Pela montanha a chorar,
A pobre moça enganada
Naquela noite de luar,
A lua é mãe de tristezas
E é mais traidora que o mar.
Desconfia da beleza
    Do luar.

(Em *Almanaque brasileiro Garnier*, ano de 1907, p. 258.)

Olavo Bilac

(1865-1918)

Profissão de Fé[1]

> *Le poète est ciseleur,*
> *Le ciseleur est poète.*
>
> Victor Hugo.

Não quero o Zeus Capitolino,
    Hercúleo e belo,
Talhar no mármore divino
    Com o camartelo.

Que outro — não eu! — a pedra corte
    Para, brutal,
Erguer de Atene o altivo porte
    Descomunal.

Mais que esse vulto extraordinário,
    Que assombra a vista,
Seduz-me um leve relicário
    De fino artista.

Invejo o ourives quando escrevo:
    Imito o amor
Com que ele, em ouro, o alto-relevo
    Faz de uma flor.

---

[1] Na edição de 1888 vinha no fim deste poema a data "Rio de Janeiro, julho de 1886".

Imito-o. E, pois, nem de Carrara
 A pedra firo:
O alvo cristal, a pedra rara,
 O onix prefiro.[1]

Por isso, corre, por servir-me,
 Sobre o papel
A pena, como em prata firme
 Corre o cinzel.

Corre; desenha, enfeita a imagem,
 A idéia veste:
Cinge-lhe ao corpo a ampla roupagem
 Azul-celeste.

Torce, aprimora, alteia, lima
 A frase; e, enfim,
No verso de ouro engasta a rima,
 Como um rubim.

Quero que a estrofe cristalina,
 Dobrada ao jeito
Do ourives, saia da oficina
 Sem um defeito:

E que o lavor do verso, acaso,
 Por tão sutil,
Possa o lavor lembrar de um vaso
 De Becerril.

E horas sem conta passo, mudo,
 O olhar atento,
A trabalhar, longe de tudo
 O pensamento.

---

[1] O poeta acentuava "ônix" na última sílaba: vide adiante o soneto "Ondas".

Porque o escrever — tanta perícia,
    Tanta requer,
Que ofício tal... nem há notícia
    De outro qualquer.

Assim procedo. Minha pena
    Segue esta norma,
Por te servir, Deusa serena,
    Serena Forma!

Deusa! A onda vil, que se avoluma
    De um torvo mar,
Deixa-a crescer; e o lodo e a espuma
    Deixa-a rolar!

Blasfemo, em grita surda e horrendo
    Ímpeto, o bando
Venha dos Bárbaros crescendo,
    Vociferando...

Deixa-o: que venha e uivando passe
    — Bando feroz!
Não se te mude a cor da face
    E o tom da voz!

Olha-os somente, armada e pronta,
    Radiante e bela:
E, ao braço o escudo, a raiva afronta
    Dessa procela!

Este que à frente vem, e o todo
    Possui minaz
De um Vândalo ou de um Visigodo
    Cruel e audaz;

Este, que, de entre os mais, o vulto
　　　Ferrenho alteia,
E, em jato, expele o amargo insulto
　　　Que te enlameia:

É em vão que as forças cansa, e à luta
　　　Se atira; é em vão
Que brande no ar a maça bruta
　　　À bruta mão.

Não morrerás, Deusa sublime!
　　　Do trono egrégio
Assistirás intacta ao crime
　　　Do sacrilégio.

E, se morreres porventura,
　　　Possa eu morrer
Contigo, e a mesma noite escura
　　　Nos envolver!

Ah! ver por terra, profanada,
　　　A ara partida;
E a Arte imortal aos pés calcada,
　　　Prostituída!...

Ver derribar do eterno sólio
　　　O Belo, e o som
Ouvir da queda do Acropólio,
　　　Do Partenon!...

Sem sacerdote, a Crença morta
　　　Sentir, e o susto
Ver, e o extermínio, entrando a porta
　　　Do templo augusto!...

Ver esta língua, que cultivo,
    Sem ouropéis,
Mirrada ao hálito nocivo
    Dos infiéis!...

Não! Morra tudo que me é caro,[3]
    Fique eu sozinho!
Que não encontre um só amparo
    Em meu caminho!

Que a minha dor nem a um amigo
    Inspire dó...
Mas, ah! que eu fique só contigo,
    Contigo só!

Vive! que eu viverei servindo
    Teu culto, e, obscuro,
Tuas custódias esculpindo
    No ouro mais puro.

Celebrarei o teu ofício
    No altar: porém,
Se inda é pequeno o sacrifício,
    Morra eu também!

Caia eu também, sem esperança,
    Porém tranqüilo,
Inda, ao cair, vibrando a lança,
    Em prol do Estilo![4]

(*Poesias*, Francisco Alves & Cia., Rio de Janeiro, 1916, p. 1-6.)

---

[3] Na edição de 1888 estava "tudo o que".
[4] Vide nota no fim do volume: Olavo Bilac 1.

Da "Via-Láctea"

IV

Como a floresta secular, sombria,
Virgem do passo humano e do machado,
Onde apenas, horrendo, ecoa o brado
Do tigre, e cuja agreste ramaria

Não atravessa nunca a luz do dia,
Assim também, da luz do amor privado,
Tinhas o coração ermo e fechado,
Como a floresta secular, sombria...

Hoje, entre os ramos, a canção sonora
Soltam festivamente os passarinhos.
Tinge o cimo das árvores a aurora...

Palpitam flores, estremecem ninhos...
E o sol do amor, que não entrava outrora,
Entra dourando a areia dos caminhos.[5]

VI

Em mim também, que descuidado vistes,
Encantado e aumentando o próprio encanto,
Tereis notado que outras cousas canto
Muito diversas das que outrora ouvistes.

Mas amastes, sem dúvida... Portanto,
Meditai nas tristezas que sentistes:
Que eu, por mim, não conheço cousas tristes,
Que mais aflijam, que torturem tanto.

---

[5] Vide nota no fim do volume: Olavo Bilac 4.

Quem ama inventa as penas em que vive:
E, em lugar de acalmar as penas, antes
Busca novo pesar com que as avive.

Pois sabei que é por isso que assim ando:
Que é dos loucos somente e dos amantes[*]
Na maior alegria andar chorando.

(Ibidem, p. 44.)

IX

De outras sei que se mostram menos frias,
Amando menos do que amar pareces.
Usam todas de lágrimas e preces:
Tu, de acerbas risadas e ironias.

De modo tal minha atenção desvias,
Com tal perícia meu engano teces,
Que, se gelado o coração tivesses,
Certo, querida, mais ardor terias.

Olho-te: cega ao meu olhar te fazes...
Falo-te — e com que fogo a voz levanto! —
Em vão... Finges-te surda às minhas frases...

Surda: e nem ouves meu amargo pranto!
Cega — e nem vês a nova dor que trazes
À dor antiga que doía tanto!

(Ibidem, p. 47.)

XIII

— "Ora (direis) ouvir estrelas! Certo
Perdeste o senso!" E eu vos direi, no entanto,
Que, para ouvi-las, muita vez desperto
E abro as janelas, pálido de espanto...

---

[*] Em *A Semana*, n° 27 de novembro de 1886, estava "É dos loucos" em vez de "Que é dos loucos".

E conversamos toda a noite, enquanto
A Via-Láctea, como um pálio aberto,[7]
Cintila. E, ao vir do sol, saudoso e em pranto,[8]
Inda as procuro pelo céu deserto.

Direis agora: — "Tresloucado amigo!
Que conversas com elas? Que sentido
Tem o que dizem, quando estão contigo?"

E eu vos direi: — "Amai para entendê-las!
Pois só quem ama pode ter ouvido
Capaz de ouvir e de entender estrelas."[9]

(*Ibidem*, p. 51.)

XXV

A Bocage

Tu, que no pego impuro das orgias
Mergulhavas ansioso e descontente,[10]
E, quando à tona vinhas de repente,
Cheias as mãos de pérolas trazias;

Tu, que do amor e pelo amor vivias,
E que, como de límpida nascente,
Dos lábios e dos olhos a torrente
Dos versos e das lágrimas vertias:

Mestre querido! viverás, enquanto
Houver quem pulse o mágico instrumento,[11]
E preze a língua que prezavas tanto:

---

[7] Em *A Semana*, nº de 31 de julho de 1886, estava "cofre" em vez de "pálio".
[8] Em *A Semana* estava "ao vir o sol"
[9] Em *A Semana* o soneto trazia como epígrafe esta frase de Vieira: "Estrelas que todos as vêem…"
[10] Em *A Semana*, nº de 11 de dezembro de 1886, estava "aflito" em vez de "ansioso".
[11] Em *A Semana* estava "trate" em vez de "pulse".

E enquanto houver num ponto do universo
Quem ame e sofra, e amor e sofrimento
Saiba, chorando, traduzir no verso.[13]

(Ibidem, p. 63.)

XXIX

Por tanto tempo, desvairado e aflito,
Fitei naquela noite o firmamento,
Que inda hoje mesmo, quando acaso o fito,
Tudo aquilo me vem ao pensamento.

Saí, no peito o derradeiro grito
Calcando a custo, sem chorar, violento...
E o céu fulgia plácido e infinito,
E havia um choro no rumor do vento...

Piedoso céu, que a minha dor sentiste!
A áurea esfera da lua o ocaso entrava,
Rompendo as leves nuvens transparentes;

E sobre mim, silenciosa e triste,
A Via-Láctea se desenrolava
Como um jorro de lágrimas ardentes.

(Ibidem, p. 67.)

SATÂNIA

....

Nua, de pé, solto o cabelo às costas,
Sorri. Na alcova perfumada e quente,
Pela janela, como um rio enorme
De áureas ondas tranqüilas e impalpáveis
Profusamente a luz do meio-dia
Entra e se espalha palpitante e viva.

---
[13] Em *A Semana* estava "cantando" em vez de "chorando".

Entra, parte-se em feixes rutilantes,
Aviva as cores das tapeçarias,
Doura os espelhos e os cristais inflama.
Depois, tremendo, como a arfar, desliza
Pelo chão, desenrola-se, e, mais leve,
Como uma vaga preguiçosa e lenta,
Vem-lhe beijar a pequenina ponta
Do pequenino pé macio e branco.
Sobe... cinge-lhe a perna longamente;
Sobe... — e que volta sensual descreve
Para abranger todo o quadril! — prossegue,
Lambe-lhe o ventre, abraça-lhe a cintura,
Morde-lhe os bicos túmidos dos seios,
Corre-lhe a espádua, espia-lhe o recôncavo
Da axila, acende-lhe o coral da boca,
E antes de se ir perder na escura noite,
Na densa noite dos cabelos negros,
Pára confusa, a palpitar, diante
Da luz mais bela dos seus grandes olhos.
E aos mornos beijos, às carícias ternas
Da luz, cerrando levemente os cílios,
Satânia os lábios úmidos encurva,
E da boca na púrpura sangrenta
Abre um curto sorriso de volúpia...
Corre-lhe à flor da pele um calefrio;[13]
Todo o seu sangue, alvoroçado, o curso
Apressa; e os olhos, pela fenda estreita
Das abaixadas pálpebras radiando,
Turvos, quebrados, lânguidos, contemplam,
Fitos no vácuo, uma visão querida...

Talvez ante eles, cintilando ao vivo
Fogo do ocaso, o mar se desenrole:
Tingem-se as águas de um rubor de sangue,

---

[13] Na edição de 1888 estava "calafrio".

Uma canoa passa... Ao largo oscilam
Mastros enormes, sacudindo as flâmulas...
E, alva e sonora, a murmurar, a espuma
Pelas areias se insinua, o limo
Dos grosseiros cascalhos prateando...

Talvez ante eles, rígidas e imóveis,
Vicem, abrindo os leques, as palmeiras:
Calma em tudo. Nem serpe sorrateira
Silva, nem ave inquieta agita as asas.
E a terra dorme num torpor, debaixo
De um céu de bronze que a comprime e estreita...[14]

Talvez as noites tropicais se estendam
Ante eles: infinito firmamento,
Milhões de estrelas sobre as crespas águas
De torrentes caudais, que, esbravejando,
Entre altas serras surdamente rolam...
Ou talvez, em países apartados,
Fitem seus olhos uma cena antiga:
Tarde de outono. Uma tristeza imensa
Por tudo. A um lado, à sombra deleitosa
Das tamareiras, meio adormecido,
Fuma um árabe. A fonte rumoreja
Perto. À cabeça o cântaro repleto,
Com as mãos morenas suspendendo a saia,
Uma mulher afasta-se, cantando...
E o árabe dorme numa densa nuvem
De fumo... E o canto perde-se à distância...
E a noite chega, tépida e estrelada...

Certo, bem doce deve ser a cena
Que os seus olhos extáticos ao longe,
Turvos, quebrados, lânguidos, contemplam.
Há pela alcova, entanto, um murmurio
De vozes. A princípio é um sopro escasso,

---

[14] Na edição de 1888 estava "abafa" em lugar de "estreita".

Um sussurrar baixinho... Aumenta logo:
É uma prece, um clamor, um coro imenso
De ardentes vozes, de convulsos gritos.
É a voz da Carne, é a voz da Mocidade,
— Canto vivo de força e de beleza,
Que sobe desse corpo iluminado...

Dizem os braços: — "Quando o instante doce
Há-de chegar, em que, à pressão ansiosa
Destes laços de músculos sadios,
Um corpo amado vibrará de gozo?"

E os seios dizem: — "Que sedentos lábios,
Que ávidos lábios sorverão o vinho
Rubro, que temos nestas cheias taças?
Para essa boca que esperamos, pulsa
Nestas carnes o sangue, enche estas veias,
E entesa e apruma estes rosados bicos..."

E a boca: — "Eu tenho nesta fina concha
Pérolas níveas do mais alto preço,
E corais mais brilhantes e mais puros
Que a rubra selva que de um tírio manto
Cobre o fundo dos mares da Abissínia...
Ardo e suspiro! Como o dia tarda
Em que meus lábios possam ser beijados,
Mais que beijados: possam ser mordidos!"

....
....

Mas, quando, enfim, das regiões descendo
Que, errante, em sonhos percorreu, Satânia
Olha-se, e vê-se nua, e, estremecendo,
Veste-se, e aos olhos ávidos do dia
Vela os encantos, — essa voz declina
Lenta, abafada, trêmula...

Um barulho
De linhos frescos, de brilhantes sedas
Amarrotadas pelas mãos nervosas,
Enche a alcova, derrama-se nos ares...
E, sob as roupas que a sufocam, inda
Por largo tempo, a soluçar, se escuta
Num longo choro a entrecortada queixa
Das deslumbrantes carnes escondidas...

(*Ibidem*, p. 95-99.)

Sahara Vitae

Lá vão eles, lá vão! O céu se arqueia
Como um teto de bronze infindo e quente,
E o sol fuzila e, fuzilando, ardente
Criva de flechas de aço o mar de areia...

Lá vão, com os olhos onde a sede ateia
Um fogo estranho, procurando em frente
Esse oásis do amor que, claramente,
Além, belo e falaz, se delineia.

Mas o simum da morte sopra: a tromba
Convulsa envolve-os, prostra-os; e aplacada
Sobre si mesma roda e exausta tomba...

E o sol de novo no ígneo céu fuzila...
E sobre a geração exterminada
A areia dorme plácida e tranqüila.

(*Ibidem*, p. 114.)

Nel Mezzo Del Camin...

Cheguei. Chegaste. Vinhas fatigada
E triste, e triste e fatigado eu vinha.
Tinhas a alma de sonhos povoada,
E a alma de sonhos povoada eu tinha...

E paramos de súbito na estrada
Da vida: longos anos, presa à minha
A tua mão, a vista deslumbrada
Tive da luz que teu olhar continha.

Hoje, segues de novo... Na partida
Nem o pranto os teus olhos umedece,
Nem te comove a dor da despedida.

E eu, solitário, volto a face, e tremo,
Vendo o teu vulto que desaparece
Na extrema curva do caminho extremo.

(Ibidem, p. 126.)

A Tentação de Xenócrates[15]

I

Nada turbava aquela vida austera:
Calmo, traçada a túnica severa,
Impassível, cruzando a passos lentos
As aléias de plátanos, — dizia
Das faculdades da alma e da teoria
De Platão aos discípulos atentos.

Ora o viam perder-se, concentrado,
No labirinto escuso de intricado
Controverso e sofístico problema,

---

[15] Na edição original estava dedicada a Machado de Assis.

Ora os pontos obscuros explicando
Do Timeu, e seguro manejando
A lâmina bigúmea do dilema.

Muitas vezes, nas mãos pousando a fronte,
Com o vago olhar perdido no horizonte,
Em pertinaz meditação ficava...
Assim, junto às sagradas oliveiras,
Era imoto seu corpo horas inteiras,
Mas longe dele o espírito pairava.

Longe, acima do humano fervedouro,
    Sobre as nuvens radiantes,
Sobre a planície das estrelas de ouro;
Na alta esfera, no páramo profundo
    Onde não vão, errantes,
Bramir as vozes das paixões do mundo:

    Aí, na eterna calma,
Na eterna luz dos céus silenciosos,
    Voa, abrindo, sua alma
    As asas invisíveis,
E interrogando os vultos majestosos
    Dos deuses impassíveis...

E a noite desce, afuma o firmamento...
    Soa somente, a espaços,
O prolongado sussurrar do vento...
E expira, às luzes últimas do dia,
    Todo o rumor de passos
Pelos ermos jardins da Academia.

    E, longe, luz mais pura
Que a extinta luz daquele dia morto
    Xenócrates procura:
    — Imortal claridade,
Que é proteção e amor, vida e conforto,
    Porque é a luz da verdade.

II

Ora Laís, a siciliana escrava
Que Apeles seduzira, amada e bela
Por esse tempo Atenas dominava...

Nem o frio Demóstenes altivo
Lhe foge o império: dos encantos dela[16]
Curva-se o próprio Diógenes cativo.

Não é maior que a sua a encantadora
Graça das formas nítidas e puras
Da irresistível Diana caçadora;

Há nos seus olhos um poder divino;
Há venenos e pérfidas doçuras
Na fita de seu lábio purpurino;

Tem nos seios — dois pássaros que pulam
Ao contacto de um beijo, — nos pequenos
Pés, que as sandálias sôfregas osculam,

Na coxa, no quadril, no torso airoso,
Todo o primor da calipígia Vênus
— Estátua viva e esplêndida do Gozo.

Caem-lhe aos pés as pérolas e as flores,
As dracmas de ouro, as almas e os presentes,
Por uma noite de febris ardores,

Heliastes e Eupátridas sagrados,
Artistas e Oradores eloqüentes
Leva ao carro de glória acorrentados...

---
[16] Na edição de 1888 estava: "Foge-lhe ao império: aos encantos dela".

E os generais indômitos, vencidos
Vendo-a, sentem por baixo das couraças
Os corações de súbito feridos.

III

Certa noite, ao clamor da festa, em gala,
Ao som contínuo das lavradas taças
Tinindo cheias na espaçosa sala,

Vozeava o Cerâmico, repleto
De cortesãs e flores. As mais belas
Das heteras de Samos e Mileto

Eram todas na orgia. Estas bebiam,
Nuas, à deusa Ceres. Longe, aquelas
Em animados grupos discutiam.

Pendentes no ar, em nuvens densas, vários
Quentes incensos índicos queimando,
Oscilavam de leve os incensários.

Tíbios flautins finíssimos gritavam;
E, as curvas harpas de ouro acompanhando,
Crótalos claros de metal cantavam...

O espúmeo Chipre as faces dos convivas
Acendia. Soavam desvairados
Febris acentos de canções lascivas.

Via-se a um lado a pálida Frinéia,
Provocando os olhares deslumbrados
E os sensuais desejos da assembléia.

Laís além falava: e, de seus lábios
Suspensos, a beber-lhe a voz maviosa,
Cercavam-na Filósofos e Sábios.

Nisto, entre a turba, ouviu-se a zombeteira
Voz de Aristipo: "És bela e poderosa,
Laís! mas, por que sejas a primeira,

A mais irresistível das mulheres.
Cumpre domar Xenócrates! És bela...
Poderás fasciná-lo, se o quiseres!

Doma-o, e serás rainha!" Ela sorria...
E apostou que, submisso e vil, naquela
Mesma noite a seus pés o prostraria.
Apostou e partiu...[17]

IV

Na alcova muda e quieta,
   Apenas se escutava
Leve, a areia, a cair no vidro da ampulheta...
   Xenócrates velava.

Mas que harmonia estranha,
Que sussurro lá fora! Agita-se o arvoredo,
Que o límpido luar serenamente banha:
   Treme, fala em segredo...

As estrelas, que o céu cobrem de lado a lado,
   A água ondeante dos lagos
Fitam, nela espalhando o seu clarão dourado,
   Em tímidos afagos.

Solta um pássaro o canto.
Há um cheiro de carne à beira dos caminhos...[18]
E acordam ao luar, como que por encanto,
   Estremecendo, os ninhos...

---

[17] Na edição de 1888 havia entrelinha separando este verso do anterior.
[18] Na edição de 1888 estava "aroma" em lugar de "cheiro".

Que indistinto rumor! Vibram na voz do vento
    Crebros, vivos arpejos[19]
E vai da terra e vem do curvo firmamento
    Um murmurar de beijos.[20]

    Com asas de ouro, em roda[21]
Do céu, naquela noite úmida e clara, voa
Alguém que a tudo acorda e a natureza toda
    De desejos povoa:

É a Volúpia que passa e no ar desliza; passa,
    E os corações inflama...
Lá vai! E, sobre a terra, o amor, da curva taça[22]
    Que traz às mãos, derrama.

    E entretanto, deixando
A alva barba espalhar-se em rolos sobre o leito,
Xenócrates medita, as magras mãos cruzando
    Sobre o escarnado peito.

Cisma. E tão aturada é a cisma em que flutua
Sua alma, e que a regiões ignotas o transporta,
— Que não sente Laís, que surge seminua
    Da muda alcova à porta.

V

É bela assim! Desprende a clâmide. Revolta,[23]
Ondeante, a cabeleira, aos níveos ombros solta,
Cobre-lhe os seios nus e a curva dos quadris,
Num louco turbilhão de áureos fios sutis.
Que fogo em seu olhar! Vê-lo é a seus pés prostrada

---

[19] Na edição de 1888 havia ponto depois de "arpejos".
[20] Arpejos, beijos: vide nota no fim do volume: Olavo Bilac 2.
[21] Na edição de 1888 estava "as asas".
[22] Na edição de 1888 estava "Amor".
[23] Na edição de 1888 estava "cnêmide" em lugar de "clâmide".

A alma ter suplicante, em lágrimas banhada,[14]
Em desejos acesa! Olhar divino! Olhar
Que encadeia, e domina, e arrasta ao seu altar
Os que morrem por ela, e ao céu pedem mais vida,
Para tê-la por ela inda uma vez perdida!
Mas Xenócrates cisma...

    É em vão que, a prumo, o sol
Desse olhar abre a luz num radiante arrebol...
Em vão! Vem tarde o sol! Jaz extinta a cratera,
Não há vida, nem ar, nem luz, nem primavera:
Gelo apenas! E, em gelo envolto, ergue o vulcão
Os flancos, entre a névoa e a opaca cerração...

Cisma o sábio. Que importa aquele corpo ardente
Que o envolve, e enlaça, e prende, e aperta loucamente?
Fosse cadáver frio o mudo ancião! talvez
Mais sentisse o calor daquela ebúrnea tez!

Em vão Laís o abraça, e o nacarado lábio
Chega-lhe ao lábio frio... Em vão! Medita o sábio,
E nem sente o calor desse corpo que o atrai,
Nem o aroma febril que dessa boca sai.

E ela: — "Vivo não és! Jurei domar um homem,
Mas de beijos não sei que a pedra fria domem!"

Xenócrates, então, do leito levantou
O corpo, e o olhar no olhar da cortesã cravou:

— "Pode rugir a carne... Embora! Dela acima
Paira o espírito ideal que a purifica e anima:
Cobrem nuvens o espaço e, acima do atro véu
Das nuvens, brilha a estrela iluminando o céu!"

---

[14] Na edição de 1888 estava "ver" em lugar de "ter".

Disse. E outra vez, deixando
A alva barba espalhar-se em rolos sobre o leito,
Quedou-se a meditar, as magras mãos cruzando
Sobre o escarnado peito.

(*Ibidem*, p. 131-139.)

VIRGENS MORTAS

Quando uma virgem morre, uma estrela aparece,
Nova, no velho engaste azul do firmamento:
E a alma da que morreu, de momento em momento,
Na luz da que nasceu palpita e resplandece.

Ó vós, que, no silêncio e no recolhimento
Do campo, conversais a sós, quando anoitece,
Cuidado! — o que dizeis, como um rumor de prece,
Vai sussurrar no céu, levado pelo vento...

Namorados, que andais, com a boca transbordando
De beijos, perturbando o campo sossegado
E o casto coração das flores inflamando,

— Piedade! elas vêem tudo entre as moitas escuras...
Piedade! esse impudor ofende o olhar gelado
Das que viveram sós, das que morreram puras!

(*Ibidem*, p.158.)

IN EXTREMIS

Nunca morrer assim! Nunca morrer num dia
Assim! de um sol assim!
  Tu, desgrenhada e fria,
Fria! postos nos meus os teus olhos molhados,
E apertando nos teus os meus dedos gelados...

E um dia assim! de um sol assim! E assim a esfera
Toda azul, no esplendor do fim da primavera!
Asas, tontas de luz, cortando o firmamento!
Ninhos cantando! Em flor a terra toda! O vento
Despencando os rosais, sacudindo o arvoredo...

E, aqui dentro, o silêncio... E este espanto! e este medo!
Nós dois... e, entre nós dois, implacável e forte
A arredar-me de ti, cada vez mais, a morte...

Eu, com o frio a crescer no coração, — tão cheio
De ti, até no horror do derradeiro anseio!
Tu, vendo retorcer-se amarguradamente,
A boca que beijava a tua boca ardente,
A boca que foi tua!

     E eu morrendo! e eu morrendo
Vendo-te, e vendo o sol, e vendo o céu, e vendo
Tão bela palpitar nos teus olhos, querida,
A delícia da vida! a delícia da vida!

(*Ibidem*, p. 170.)

Pecador

Este é o altivo pecador sereno,
Que os soluços afoga na garganta,
E, calmamente, o corpo de veneno
Aos lábios frios sem tremer levanta.

Tonto, no escuro pantanal terreno
Rolou. E, ao cabo de torpeza tanta,
Nem assim, miserável e pequeno,
Com tão grandes remorsos se quebranta.

Fecha a vergonha e as lágrimas consigo...
E o coração mordendo impenitente,
E o coração rasgando castigado,

Aceita a enormidade do castigo,
Com a mesma face com que antigamente
Aceitava a delícia do pecado.

(*Ibidem*, p. 193.)

SURDINA[25]

No ar sossegado um sino canta,
Um sino canta no ar sombrio...
Pálida, Vênus se levanta...
    Que frio!

Um sino canta. O campanário
Longe, entre névoas, aparece...
Sino que cantas solitário,
Que quer dizer a tua prece?

Que frio! Embuçam-se as colinas;
Chora, correndo, a água do rio;
E o céu se cobre de neblinas...
    Que frio!

Ninguém... A estrada, ampla e silente,
Sem caminhantes, adormece...
Sino que cantas docemente,
Que quer dizer a tua prece?

Que medo pânico me aperta
O coração triste e vazio!
Que esperas mais, alma deserta?
    Que frio!

---
[25] Vide nota no fim do volume: Olavo Bilac 3.

Já tanto amei! Já sofri tanto!
Olhos, porque inda estais molhados?
Porque é que choro, a ouvir-te o canto,
      Sino que dobras a finados?

Trevas, caí! que o dia é morto!
Morre também, sonho erradio!
— A morte é o último conforto...
      Que frio!

Pobres amores, sem destino,
Soltos ao vento, e dizimados!
Inda vos choro... E, como um sino,
Meu coração dobra a finados.

E com que mágoa o sino canta,
No ar sossegado, no ar sombrio!
— Pálida, Vênus se levanta...
      Que frio!

(Ibidem, p. 225.)

O CAÇADOR DE ESMERALDAS

I

Foi em março, ao findar das chuvas, quase à entrada
Do outono, quando a terra, em sede requeimada,
Bebera longamente as águas da estação,
— Que, em bandeira, buscando esmeraldas e prata,
À frente dos peões filhos da rude mata,
Fernão Dias Pais Leme entrou pelo sertão.

Ah! quem te vira assim, no alvorecer da vida,
Bruta Pátria, no berço, entre as selvas dormida,
No virginal pudor das primitivas eras,

Quando, aos beijos do sol, mal compreendendo o anseio
Do mundo por nascer que trazias no seio,
Reboavas ao tropel dos índios e das feras!

Já lá fora, da ourela azul das enseadas,
Das angras verdes, onde as águas repousadas
Vêm, borbulhando, à flor dos cachopos cantar;
Das abras e da foz dos tumultuosos rios,
— Tomadas de pavor, dando contra os baixios.
As pirogas dos teus fugiam pelo mar...

De longe, ao duro vento opondo as largas velas,
Bailando ao furacão, vinham as caravelas,
Entre os uivos do mar e o silêncio dos astros;
E tu, do litoral, de rojo nas areias,
Vias o oceano arfar, vias as ondas cheias
De uma palpitação de proas e de mastros.

Pelo deserto imenso e líquido, os penhascos
Feriam-nas em vão, roíam-lhes os cascos...
A quantas, quanta vez, rodando aos ventos maus,
O primeiro pegão, como a baixéis, quebrava!
E lá iam, no alvor da espumarada brava,
Despojos da ambição, cadáveres de naus...

Outras vinham, na febre heróica da conquista!
E quando, de entre os véus das neblinas, à vista
Dos nautas fulgurava o teu verde sorriso,
Os seus olhos, ó Pátria, enchiam-se de pranto:
Era como se, erguendo a ponta do teu manto,
Vissem, à beira d'água, abrir-se o Paraíso!

Mais numerosa, mais audaz, de dia em dia,
Engrossava a invasão. Como a enchente bravia,
Que sobre as terras, palmo a palmo, abre o lençol
Da água devastadora, — os brancos avançavam:
E os teus filhos de bronze ante eles recuavam,
Como a sombra recua ante a invasão do sol.

Já nas faldas da serra apinhavam-se aldeias;
Levantava-se a cruz sobre as alvas areias,
Onde, ao brando mover dos leques das juçaras,
Vivera e progredira a tua gente forte...
Soprara a destruição, como um vento de morte,
Desterrando os pajés, abatendo as caiçaras.

Mas além, por detrás das broncas serranias,
Na cerrada região das florestas sombrias,
Cujos troncos, rompendo as lianas e os cipós,
Alastravam no céu léguas de rama escura;
Nos matagais, em cuja horrível espessura
Só corria a anta leve e uivava a onça feroz;

Além da áspera brenha, onde as tribos errantes
À sombra maternal das árvores gigantes
Acampavam; além das sossegadas águas
Das lagoas, dormindo entre aningais floridos;
Dos rios, acachoando em quedas e bramidos,
Mordendo os alcantis, roncando pelas fráguas;

— Aí, não ia ecoar o estrupido da luta...
E, no seio nutriz da natureza bruta,
Resguardava o pudor teu verde coração!
Ah! quem te vira assim, entre as selvas sonhando,
Quando a bandeira entrou pelo teu seio, quando
Fernão Dias Pais Leme invadiu o sertão!

II

Para o norte inclinando a lombada brumosa,
Entre os nateiros jaz a serra misteriosa;
A azul Vupabussu beija-lhe as verdes faldas,
E águas crespas, galgando abismos e barrancos
Atulhados de prata, umedecem-lhe os flancos
Em cujos socavões dormem as esmeraldas.

Verde sonho!... é a jornada ao país da Loucura!
Quantas bandeiras já, pela mesma aventura
Levadas, em tropel, na ânsia de enriquecer!
Em cada tremedal, em cada escarpa, em cada
Brenha rude, o luar beija à noite uma ossada,
Que vêm, a uivar de fome, as onças remexer...

Que importa o desamparo em meio do deserto,
E essa vida sem lar, e esse vaguear incerto
De terror em terror, lutando braço a braço
Com a inclemência do céu e a dureza da sorte?
Serra bruta! dar-lhe-ás, antes de dar-lhe a morte,
As pedras de Cortez, que escondes no regaço!

E sete anos, de fio em fio destramando
O mistério, de passo em passo penetrando
O verde arcano, foi o bandeirante audaz...
— Marcha horrenda! derrota implacável e calma,
Sem uma hora de amor, estrangulando na alma
Toda a recordação do que ficava atrás!

A cada volta, a Morte, afiando o olhar faminto,
Incansável no ardil, rondando o labirinto
Em que às tontas errava a bandeira nas matas,
Cercando-a com o crescer dos rios iracundos,
Espiando-a no pendor dos boqueirões profundos,
Onde vinham ruir com fragor as cascatas.

Aqui, tapando o espaço, entrelaçando as grenhas
Em negros paredões, levantavam-se as brenhas,
Cuja muralha, em vão, sem a poder dobrar,
Vinham acometer os temporais, aos roncos;
E os machados, de sol a sol mordendo os troncos,
Contra esse adarve bruto em vão rodavam no ar.

Dentro, no frio horror das balseiras escuras,
Viscosas e oscilando, úmidas colgaduras
Pendiam de cipós na escuridão noturna;

E um mundo de reptis silvava no negrume;
Cada folha pisada exalava um queixume,
E uma pupila má chispava em cada furna.

Depois, nos chapadões, o rude acampamento:
As barracas, voando em frangalhos ao vento,
Ao granizo, à invernada, à chuva, ao temporal...
E quantos deles, nus, sequiosos, no abandono,
Iam ficando atrás, no derradeiro sono,
Sem chegar ao sopé da colina fatal!

Que importava? Ao clarear da manhã, a companha
Buscava no horizonte o perfil da montanha...
Quando apareceria enfim, vergando a espalda,
Desenhada no céu entre as neblinas claras,
A grande serra, mãe das esmeraldas raras,
Verde e faiscante como uma grande esmeralda?

Avante! e os aguaçais seguiam-se às florestas...
Vinham os lamarões, as leziras funestas,
De água paralisada e decomposta ao sol,
Em cuja face, como um bando de fantasmas,
Erravam dia e noite as febres e os miasmas,
Numa ronda letal sobre o podre lençol.

Agora, o áspero morro, os caminhos fragosos...
Leve, de quando em quando, entre os troncos nodosos
Passa um plúmeo cocar, como uma ave que voa...
Uma frecha, sutil, silva e zarguncha... É a guerra!
São os índios! Retumba o eco da bruta serra
Ao tropel... E o estridor da batalha reboa.

Depois, os ribeirões, nas levadas, transpondo
As ribas, rebramando, e de estrondo em estrondo
Inchando em macaréus o seio destruidor,
E desenraizando os troncos seculares,
No esto da aluvião estremecendo os ares,
E indo torvos rolar nos vales com fragor...

Sete anos! combatendo índios, febres, paludes,
Feras, reptis, contendo os sertanejos rudes,
Dominando o furor da amotinada escolta...
Sete anos!... E ei-lo volta, enfim, com o seu tesouro!
Com que amor, contra o peito, a sacola de couro
Aperta, a transbordar de pedras verdes! — volta...

Mas num desvão da mata, uma tarde, ao sol posto,
Pára. Um frio livor se lhe espalha no rosto...
É a febre! O Vencedor não passará dali!
Na terra que venceu há-de cair vencido:
É a febre: é a morte! E o Herói, trôpego e envelhecido,
Roto e sem forças, cai junto do Guaicuí...

III

Fernão Dias Pais Leme agoniza. Um lamento
Chora longo, a rolar na longa voz do vento.
Mugem soturnamente as águas. O céu arde.
Transmonta fulvo o sol. E a natureza assiste,
Na mesma solidão e na mesma hora triste,
À agonia do herói e à agonia da tarde.

Piam perto, na sombra, as aves agoireiras.
Silvam as cobras. Longe, as feras carniceiras
Uivam nas lapas. Desce a noite, como um véu...
Pálido, no palor da luz, o sertanejo
Estorce-se no crebro e derradeiro arquejo.
— Fernão Dias Pais Leme agoniza e olha o céu.

Oh! esse último olhar ao firmamento! A vida
Em surtos de paixão e febre repartida,
Toda, num só olhar, devorando as estrelas!
Esse olhar, que sai como um beijo da pupila,
— Que as implora, que bebe a sua luz tranqüila,
Que morre... e nunca mais, nunca mais há-de vê-las!

Ei-las todas, enchendo o céu, de canto a canto...
Nunca assim se espalhou, resplandecendo tanto,
Tanta constelação pela planície azul!
Nunca Vênus assim fulgiu! Nunca tão perto,
Nunca com tanto amor sobre o sertão deserto
Pairou tremulamente o Cruzeiro do Sul!

Noites de outrora!... Enquanto a bandeira dormia
Exausta, e áspero o vento em derredor zunia,
E a voz do noitibó soava como um agouro,
— Quantas vezes Fernão, do cabeço de um monte,
Via lenta subir do fundo do horizonte
A clara procissão dessas bandeiras de ouro!

Adeus, astros da noite! Adeus, frescas ramagens
Que a aurora desmanchava em perfumes selvagens!
Ninhos cantando no ar! suspensos gineceus
Ressoantes de amor! outonos benfeitores!
Nuvens e aves, adeus! adeus, feras e flores!
Fernão Dias Pais Leme espera a morte... Adeus!

O Sertanista ousado agoniza, sozinho...
Empasta-lhe o suor a barba em desalinho;
E com a roupa de couro em farrapos, deitado,
Com a garganta afogada em uivos, ululante,
Entre os troncos da brenha hirsuta, — o Bandeirante
Jaz por terra, à feição de um tronco derribado...

E o delírio começa. A mão, que a febre agita,
Ergue-se, treme no ar, sobe, descamba aflita,
Crispa os dedos, e sonda a terra, e escarva o chão:
Sangra as unhas, revolve as raízes, acerta,
Agarra o saco, e apalpa-o, e contra o peito o aperta,
Como para o enterrar dentro do coração.

Ah! mísero demente! o teu tesouro é falso!
Tu caminhaste em vão, por sete anos, no encalço
De uma nuvem falaz, de um sonho malfazejo!

Enganou-te a ambição! mais pobre que um mendigo,
Agonizas, sem luz, sem amor, sem amigo,
Sem ter quem te conceda a extrema-unção de um beijo!

E foi para morrer de cansaço e de fome,
Sem ter quem, murmurando em lágrimas teu nome,
Te dê uma oração e um punhado de cal,
— Que tantos corações calcaste sob os passos,
E na alma da mulher que te estendia os braços
Sem piedade lançaste um veneno mortal!

E ei-la, a morte! e ei-lo, o fim! A palidez aumenta;
Fernão Dias se esvai, numa síncope lenta...
Mas, agora, um clarão ilumina-lhe a face:
E essa face cavada e magra, que a tortura
Da fome e as privações maceraram, — fulgura,
Como se a asa ideal de um arcanjo a roçasse.

IV

Adoça-se-lhe o olhar, num fulgor indeciso;
Leve, na boca aflante, esvoaça-lhe um sorriso...
— E adelgaça-se o véu das sombras. O luar
Abre no horror da noite uma verde clareira.
Como para abraçar a natureza inteira,
Fernão Dias Pais Leme estira os braços no ar...

Verdes, os astros no alto abrem-se em verdes chamas;
Verdes, na verde mata, embalançam-se as ramas;
E flores verdes no ar brandamente se movem;
Chispam verdes fuzis riscando o céu sombrio;
Em esmeraldas flui a água verde do rio,
E do céu, todo verde, as esmeraldas chovem...

E é uma ressurreição! O corpo se levanta:
Nos olhos, já sem luz, a vida exsurge e canta!

E esse destroço humano, esse pouco de pó
Contra a destruição se aferra à vida, e luta,
E treme, e cresce, e brilha, e afia o ouvido, e escuta
A voz, que na soidão só ele escuta, — só:

— "Morre! morrem-te às mãos as pedras desejadas,
"Desfeitas como um sonho, e em lodo desmanchadas...
"Que importa? dorme em paz, que o teu labor é findo!
"Nos campos, no pendor das montanhas fragosas,
"Como um grande colar de esmeraldas gloriosas,
"As tuas povoações se estenderão fulgindo!

"Quando do acampamento o bando peregrino
"Saía, antemanhã, ao sabor do destino,
"Em busca, ao norte e ao sul, de jazida melhor,
"— No cômoro de terra, em que teu pé poisara,
"Os colmados de palha aprumavam-se, e clara
"A luz de uma clareira espancava o arredor.

"Nesse louco vagar, nessa marcha perdida,
"Tu foste, como o sol, uma fonte de vida:
"Cada passada tua era um caminho aberto!
"Cada pouso mudado, uma nova conquista!
"E enquanto ias, sonhando o teu sonho egoísta,
"Teu pé, como o de um deus, fecundava o deserto!

"Morre! tu viverás nas estradas que abriste!
"Teu nome rolará no largo choro triste
"Da água do Guaicuí... Morre, Conquistador!
"Viverás quando, feito em seiva o sangue, aos ares
"Subires, e, nutrindo uma árvore, cantares
"Numa ramada verde entre um ninho e uma flor!

"Morre! germinarão as sagradas sementes
"Das gotas de suor, das lágrimas ardentes!
"Hão-de frutificar as fomes e as vigílias!

"E um dia, povoada a terra em que te deitas,
"Quando, aos beijos do sol, sobrarem as colheitas,
"Quando, aos beijos do amor, crescerem as famílias,

"Tu cantarás na voz dos sinos, nas charruas,
"No esto da multidão, no tumultuar das ruas,
"No clamor do trabalho e nos hinos da paz!"
"E, subjugando o olvido, através das idades,
"Violador de sertões, plantador de cidades,
"Dentro do coração da pátria viverás!"

....

Cala-se a estranha voz. Dorme de novo tudo.
Agora, a deslizar pelo arvoredo mudo,
Como um choro de prata algente o luar escorre.
E sereno, feliz, no maternal regaço
Da terra, sob a paz estrelada do espaço,
Fernão Dias Pais Leme os olhos cerra. E morre.

(*Ibidem*, p. 259-271.)

CARTA DE OLIMPO

Depois de tão grandes férias,
Eis-me de novo cantando.
Tratemos de cousas sérias,
De santas cousas tratando.
Comecemos: Carta Sétima...

Antes, é justo, no entanto,
Murmurar devota prece:
Falo da igreja; portanto,
É de razão que eu comece
Pedindo a bênção do *Apóstolo*.

Diz o leitor, desdenhoso:
— Apolo a rezar! Que é isto?
Mas sou um deus cauteloso:
Cristão quando falo a Cristo,
Pagão quando falo a Júpiter.

Vamos. Tristíssimos dias
Que passastes, meus amigos!
Longe carnes, alegrias
E tentadores perigos...
Que dias tristes e lúgubres!

(Bonito! A vitória é certa:
Mestre Castilho desbanco.
Que pensais da descoberta?
— Uma quadra e um verso branco,
Branco, branquíssimo e... esdrúxulo.

Isto exprime certamente
A tristeza do universo:
O esdrúxulo justamente
Transborda do quarto verso
Como uma lágrima fúnebre.)

Dias tristes! Sinos roucos,
Missas, lúgubres ofícios,
E, como se fossem poucos
Esses muitos sacrifícios,
As amêndoas para cúmulo!

Luto e peixe... Fora, fora
A carne de toda mesa!
Modo estranho é este agora
De demonstrar a tristeza
Comendo ceias opíparas.

E chega a ser proibido...
(Como hei-de dizer?) o beijo!
Vejam isto: está perdido
Quem não fingir que tem pejo...[26]
Quem não tiver, seja hipócrita.

Oh! quem os beijos trocados
Às ocultas, face a face,
E os rosbifes devorados
Nesta semana contasse!
Falassem faces e estômagos!

E tudo porque, em verdade,
Um deus teve a hipocrisia
De deixar a eternidade,
Morrendo... só por um dia,
Para espantar os católicos!

E morreu tragicamente,
Sem volver o olhar piedoso
Àquela que, humildemente,
Solto o cabelo formoso,
Lhe banhava os pés de lágrimas.

Triste morte! Aqui, ao menos,
Quem morre, morre cativo
Nos braços quentes de Vênus,
E ressuscita mais vivo,
Que o amor dá vida aos cadáveres.

Enfim, passou a semana...
Volta a carne, vai-se o peixe.
E, finda a comédia humana,
É justo que cada um deixe
Cair das faces a máscara.

---

[26] *Beijo, pejo*: vide nota no fim do volume: Olavo Bilac 2.

Agora é o judas que passa
Aos trambolhões repetidos,
Aos risos da populaça...
Pegam-lhe fogo aos vestidos,
Tiram-lhe as pernas, enforcam-no.

Oh! se os Judas existentes
Fossem todos enforcados...
Ai! coitados dos parentes!
Ai dos amigos, coitados!
E boa noite. Até sábado.

(Em *A semana*, n° de 9 de abril de 1887.)

Língua Portuguesa

Última flor do Lácio, inculta e bela,
És, a um tempo, esplendor e sepultura:
Ouro nativo, que na ganga impura
A bruta mina entre os cascalhos vela...

Amo-te assim, desconhecida e obscura,
Tuba de alto clangor, lira singela,
Que tens o trom e o silvo da procela,
E o arrolo da saudade e da ternura!

Amo o teu viço agreste e o teu aroma
De virgens selvas e de oceano largo!
Amo-te, ó rude e doloroso idioma

Em que da voz materna ouvi: "Meu filho!",
E em que Camões chorou, no exílio amargo,
O gênio sem ventura e o amor sem brilho!

(*Poesias*, 16ª edição, Francisco Alves, Rio, 1935, p. 286.)

Música Brasileira

Tens, às vezes, o fogo soberano
Do amor: encerras na cadência, acesa
Em requebros e encantos de impureza,
Todo o feitiço do pecado humano.

Mas, sobre essa volúpia, erra a tristeza
Dos desertos, das matas e do oceano:
Bárbara poracé, banzo africano,
E soluços de trova portuguesa.

És samba e jongo, chiba e fado, cujos
Acordes são desejos e orfandades
De selvagens, cativos e marujos:

E em nostalgias e paixões consistes,
Lasciva dor, beijo de três saudades,
Flor amorosa de três raças tristes.

(*Ibidem*, p. 287.)

O Vale

Sou como um vale, numa tarde fria,
Quando as almas dos sinos, de uma em uma,
No soluçoso adeus da ave-maria
Expiram longamente pela bruma.

É pobre a minha messe. É névoa e espuma
Toda a glória e o trabalho em que eu ardia...
Mas a resignação doura e perfuma
A tristeza do termo do meu dia.

Adormecendo, no meu sonho incerto
Tenho a ilusão do prêmio que ambiciono:
Cai o céu sobre mim em pirilampos...

E num recolhimento a Deus oferto
O cansado labor e o inquieto sono
Das minhas povoações e dos meus campos.

(Ibidem, p. 298.)

OS RIOS

Magoados, ao crepúsculo dormente,
Ora em rebojos galopantes, ora
Em desmaios de pena e de demora,
Rios, chorais amarguradamente.

Desejais regressar... Mas, leito em fora,
Correis... E misturais pela corrente
Um desejo e uma angústia, entre a nascente
De onde vindes, e a foz que vos devora.

Sofreis da pressa, e, a um tempo, da lembrança...
Pois no vosso clamor, que a sombra invade,
No vosso pranto, que no mar se lança,

Rios tristes! agita-se a ansiedade
De todos os que vivem de esperança,
De todos os que morrem de saudade...

(Ibidem, p. 300.)

AS ONDAS

Entre as trêmulas mornas ardentias,
A noite no alto-mar anima as ondas.
Sobem das fundas úmidas Golcondas,
Pérolas vivas, as nereidas frias:

Entrelaçam-se, correm fugidias,
Voltam, cruzando-se; e, em lascivas rondas,
Vestem as formas alvas e redondas
De algas roxas e glaucas pedrarias.

Coxas de vago onix, ventres polidos
De alabastro, quadris de argêntea espuma,
Seios de dúbia opala ardem na treva;

E bocas verdes, cheias de gemidos,
Que o fósforo incendeia e o âmbar perfuma,
Soluçam beijos vãos que o vento leva...

(Ibidem, p. 304.)

O TEAR

A fieira zumbe, o piso estala, chia
O liço, range o estambre na cadeia;
A máquina dos Tempos, dia a dia,
Na música monótona vozeia.

Sem pressa, sem pesar, sem alegria,
Sem alma, o Tecelão, que cabeceia,
Carda, retorce, estira, asseda, fia,
Doba e entrelaça, na infindável teia.

Treva e luz, ódio e amor, beijo e queixume,
Consolação e raiva, gelo e chama
Combinam-se e consomem-se no urdume.

Sem princípio e sem fim, eternamente
Passa e repassa a aborrecida trama
Nas mãos do Tecelão indiferente...

(Ibidem, p. 364.)

Vicente de Carvalho

(1866-1924)

Velho Tema

I

Só a leve esperança, em toda a vida,
Disfarça a pena de viver, mais nada;
Nem é mais a existência, resumida,
Que uma grande esperança malograda.

O eterno sonho da alma desterrada,
Sonho que a traz ansiosa e embevecida,
É uma hora feliz, sempre adiada
E que não chega nunca em toda a vida.

Essa felicidade que supomos,
Árvore milagrosa que sonhamos
Toda arreada de dourados pomos,

Existe, sim: mas nós não a alcançamos
Porque está sempre apenas onde a pomos
E nunca a pomos onde nós estamos.

II

Eu cantarei de amor tão fortemente
Com tal celeuma e com tamanhos brados,
Que afinal teus ouvidos, dominados,
Hão-de à força escutar quanto eu sustente.

Quero que meu amor se te apresente
— Não andrajoso e mendigando agrados,
Mas tal como é: risonho e sem cuidados,
Muito de altivo, um tanto de insolente.

Nem ele mais a desejar se atreve
Do que merece: eu te amo, e o meu desejo
Apenas cobra um bem que se me deve.

Clamo, e não gemo; avanço e não rastejo;
E vou de olhos enxutos e alma leve
À galharda conquista do teu beijo.[1]

III

Belas, airosas, pálidas, altivas,
Como tu mesma, outras mulheres vejo:
São rainhas, e segue-as num cortejo
Extensa multidão de almas cativas.

Têm a alvura do mármore; lascivas
Formas; os lábios feitos para o beijo;[2]
E indiferente e desdenhoso as vejo
Belas, airosas, pálidas, altivas...

Por quê? Porque lhes falta a todas elas,
Mesmo às que são mais puras e mais belas,
Um detalhe sutil, um quase nada:

Falta-lhes a paixão que em mim te exalta,
E entre os encantos de que brilham, falta
O vago encanto da mulher amada.

---

[1] *Desejo, rastejo, beijo*: vide nota no fim do volume: Olavo Bilac 2.
[2] *Beijo, vejo*: vide nota anterior.

IV

Eu não espero o bem que mais desejo:
Sou condenado, e disso convencido;
Vossas palavras, com que sou punido,
São penas e verdades de sobejo.

O que dizeis é mal muito sabido,
Pois nem se esconde nem procura ensejo,
E anda à vista naquilo que mais vejo:
Em vosso olhar, severo ou distraído.

Tudo quanto afirmais eu mesmo alego:
Ao meu amor desamparado e triste
Toda a esperança de alcançar-vos nego.

Digo-lhe quanto sei, mas ele insiste;
Conto-lhe o mal que vejo, e ele, que é cego,
Põe-se a sonhar o bem que não existe.

V

"Alma serena e casta, que eu persigo
Com o meu sonho de amor e de pecado,
Abençoado seja, abençoado
O rigor que te salva e é meu castigo.

Assim desvies sempre do meu lado
Os teus olhos; nem ouças o que eu digo;
E assim possa morrer, morrer comigo,
Este amor criminoso e condenado.

Sê sempre pura ! Eu com denodo enjeito
Uma ventura obtida com teu dano,
Bem meu que de teus males fosse feito."

Assim penso, assim quero, assim me engano...
Como se não sentisse que em meu peito
Pulsa o covarde coração humano.

VI

"Lembra!" diz-me o passado. "Eu sou a aurora
E a primavera, o olhar que se enamora
De quanto vê pelo caminho em flor;
Para o teu coração cansado e triste
É recordar-me — o único bem que existe...
Eu sou a mocidade, eu sou o amor."

"Vive!" diz-me o presente. "Alma suicida,
Louca, não peças à árvore da vida
Mais que os amargos frutos que ela tem;
Deixa a saudade e foge da esperança,
Faze do pouco que teu braço alcança
O teu mesquinho, o teu único bem."

"Sonha!" diz-me o futuro. "O sonho é tudo,
Eu sobre as tuas pálpebras sacudo
A poeira da ilusão!... Sonha, e bendiz!
Eu sou o único bem porque te engano,
E o desgraçado coração humano
Só com o que não possui é que é feliz."

Eu ouço os três, e calo-me: desisto
De quanto me prometem, porque nisto
Todos se enganam, todos menos eu:
Beijo dos lábios da mulher amada,
O único bem és tu! Nem há mais nada...
E tu és de outro, e nunca serás meu!

(*Poemas e canções*, Empresa Tipográfica "O Pensamento",
São Paulo, 1917, p. 1-7.)

Pequenino Morto

Tange o sino, tange, numa voz de choro,
Numa voz de choro... tão desconsolado...
No caixão dourado, como em berço de ouro,
Pequenino, levam-te dormindo... Acorda!
Olha que te levam para o mesmo lado
De onde o sino tange numa voz de choro...
      Pequenino, acorda!

Como o sono apaga o teu olhar inerte
Sob a luz da tarde tão macia e grata!
Pequenino, é pena que não possas ver-te...
Como vais bonito, de vestido novo
Todo azul-celeste com debruns de prata!
Pequenino, acorda! E gostarás de ver-te
      De vestido novo.

Como aquela imagem de Jesus, tão lindo,
Que até vai levado em cima dos andores,
Sobre a fronte loura um resplendor fulgindo,
— Com a grinalda feita de botões de rosas
Trazes na cabeça um resplendor de flores...
Pequenino, acorda! E te acharás tão lindo
      Florescido em rosas!

Tange o sino, tange, numa voz de choro,
Numa voz de choro... tão desconsolado...
No caixão dourado, como em berço de ouro,
Pequenino levam-te dormindo... Acorda!
Olha que te levam para o mesmo lado
De onde o sino tange numa voz de choro...
      Pequenino, acorda!

Que caminho triste, e que viagem! Alas
De ciprestes negros a gemer no vento;
Tanta boca aberta de famintas valas
A pedir que as fartem, a esperar que as encham...

Pequenino, acorda! Recupera o alento,
Foge da cobiça dessas fundas valas
    A pedir que as encham.

Vai chegando a hora, vai chegando a hora
Em que a mãe ao seio chama o filho... A espaços,
Badalando, o sino diz adeus, e chora
Na melancolia do cair da noute;
Por aqui só cruzes com seus magros braços
Que jamais se fecham, hirtos sempre... É a hora
    Do cair da noute...

Pela Ave-Maria, como procuravas
Tua mãe!... Num eco de sua voz piedosa,
Que suaves cousas que tu murmuravas,
De mãozinhas postas, a rezar com ela...
Pequenino, em casa, tua mãe saudosa
Reza a sós... É a hora quando a procuravas...
    Vai rezar com ela!!

E depois... teu quarto era tão lindo! Havia
Na janela jarras onde abriam rosas;
E no meio a cama, toda alvor, macia,
De lençóis de linho no colchão de penas.
Que acordar alegre nas manhãs cheirosas!
Que dormir suave, pela noute fria,
    No colchão de penas...

Tange o sino, tange, numa voz de choro,
Numa voz de choro... tão desconsolado...
No caixão dourado, como em berço de ouro,
Pequenino, levam-te dormindo... Acorda!
Olha que te levam para o mesmo lado
De onde o sino tange numa voz de choro...
    Pequenino, acorda!

Por que estacam todos dessa cova à beira?
Que é que diz o padre numa língua estranha?
Por que assim te entregam a essa mão grosseira
Que te agarra e leva para a cova funda?
Por que assim cada homem um punhado apanha
De caliça e espalha-a, debruçado à beira
    Dessa cova funda?

Vais ficar sozinho no caixão fechado...
Não será bastante para que te guarde?
Para que essa terra que jazia ao lado
Pouco a pouco rola, vai desmoronando?
Pequenino, acorda! — Pequenino!... É tarde!...
Sobre ti cai todo esse montão que ao lado
    Vai desmoronando...

Eis fechada a cova. Lá ficaste... A enorme
Noute sem aurora todo amortalhou-te.
Nem caminho deixam para quem lá dorme,
Para quem lá fica e que não volta nunca...
Tão sozinho sempre por tamanha noute!...
Pequenino, dorme! Pequenino, dorme...
    Nem acordes nunca!

(*Ibidem*, p. 11-14.)

SUGESTÕES DO CREPÚSCULO

I

Ao pôr-do-sol, pela tristeza
Da meia-luz crepuscular,
Tem a toada de uma reza
    A voz do mar.

Aumenta, alastra e desce pelas
Rampas dos morros, pouco a pouco,

O ermo de sombra, vago e oco,[3]
Do céu sem sol e sem estrelas.

Tudo amortece; a tudo invade
Uma fadiga, um desconforto...
Como a infeliz serenidade
Do embaciado olhar de um morto.

Domada então por um instante
Da singular melancolia
De em torno — apenas balbucia
A voz piedosa do gigante.

Toda se abranda a vaga hirsuta,
Toda se humilha, a murmurar...
Que pede ao céu que não a escuta
    A voz do mar?

II

Estranha voz, estranha prece
Aquela prece e aquela voz,
Cuja humildade nem parece
Provir do mar bruto e feroz.

Do mar, pagão criado às soltas
Na solidão, e cuja vida
Corre, agitada e desabrida,
Em turbilhões de ondas revoltas;

Cuja ternura assustadora
Agride a tudo que ama e quer,
E vai, nas praias onde estoura,[4]
Tanto beijar como morder...

---

[3] *Pouco, oco*: vide nota no fim do volume: Olavo Bilac 2.
[4] *Assustadora, estoura*: vide nota no fim do volume: Olavo Bilac 2.

Torvo gigante repelido
Numa paixão lasciva e louca,
É todo fúria: em uma boca[5]
Blasfema a dor, mora o rugido.

Sonha a nudez: brutal e impuro,
Branco de espuma, ébrio de amor,
Tenta despir o seio duro
E virginal da terra em flor.

Debalde a terra em flor, com o fito
De lhe escapar, se esconde — e anseia
Atrás de cômoros de areia
E de penhascos de granito:

No encalço dessa esquiva amante
Que se lhe furta, segue o mar;
Segue, e as maretas solta adiante
Como matilha, a farejar.

E, achado o rastro, vai com as suas
Ondas e a sua espumarada
Lamber, na terra devastada,
Barrancos nus e rochas nuas...

III

Mais formidável se revela,
E mais ameaça e mais assombra
A uivar, a uivar dentro da sombra
Nas fundas noutes de procela.

Tremendo e próximo se escuta
Varrendo a noute, enchendo o ar,
Como o fragor de uma disputa
Entre o tufão, o céu e o mar.

---
[5] *Louca, boca*: vide nota anterior.

Em cada ríspida rajada
O vento agride o mar sanhudo:
Roça-lhe a face, com o agudo
Sibilo de uma chicotada.

De entre a celeuma, um estampido
Avulta e estoura, alto e maior,
Quando, tirano enfurecido,
Troveja o céu ameaçador.

De quando em quando um tênue risco
De chama vem, da sombra em meio...
E o mar recebe em pleno seio
A cutilada de um corisco.

Mas a batalha é sua, vence-a:
Cansa-se o vento, afrouxa... e assim
Como uma vaga sonolência
O luar invade o céu sem fim...

Donas do campo, as ondas rugem;
E o monstro, impando de ousadia,
Prageja, insulta, desafia
O céu, cuspindo-lhe a salsugem.

IV

A alma raivosa e libertina
Desse tenaz batalhador
Que faz do escombro e da ruína
Como os troféus do seu amor;

A alma rebelde e mal composta
Desse pagão e desse ateu
Que retalia e dá resposta
À mesma cólera do céu!

A alma arrogante, a alma bravia
Do mar, que vive a combater,
Comove-se à melancolia
Conventual do entardecer...

No seu clamor esmorecido
Vibra, indistinta e espiritual,
Alguma cousa do gemido
De um órgão numa catedral.

E pelas praias aonde descem
Do firmamento — a sombra e a paz;
E pelas várzeas que emudecem
Com os derradeiros sabiás;

Ouvem os ermos espantados
Do mar contrito no clamor
A confidência dos pecados
Daquele eterno pecador.

Escutem bem... Quando entardece,
Na meia-luz crepuscular
Tem a toada de uma prece
A voz tristíssima do mar...

(*Ibidem*, p. 15-22.)

FANTASIAS DO LUAR[6]

Entre nuvens esgarçadas
No céu pedrento flutua
A triste, a pálida lua
    Das baladas.

---

[6] Vide nota no fim do volume: Vicente de Carvalho.

Frouxo luar sugestivo
Contagia a natureza
Como de um ar de tristeza
    Sem motivo.

Tem vagos tons de miragem,
De um desenho sem sentido,
O conjunto descosido
    Da paisagem.

A apagada fantasia
Do colorido — parece
De um pintor que padecesse
    De miopia.

Tudo, tudo quanto existe,
Extravaga, e se afigura
Tomado de uma loucura
    Mansa e triste.

O longo perfil do Monte
— Como um rio de água verde —
Corre ondulando, e se perde
    No horizonte.

E sobre essa imaginária
Turva corrente, projeta
A alva igreja a sua seta
    Solitária.

Assim, de um ermo barranco
A garça alonga no rio
O seu vulto muito branco,
    Muito esguio.[7]

---

[7] O poeta, nesta estrofe, rima excepcionalmente o 2º verso com o 4º

Sonha, imóvel... E acredito
Que de súbito desperte
Aquele fantasma inerte
    De granito:

Dorme talvez... Qualquer cousa
No seu sono se disfarça
De asa encolhida de garça
    Que repousa;

E eu cuido vê-lo, a cada hora,
Animar-se: e de repente
Subir sossegadamente
    Céu afora...

Há um lirismo disperso
Nos ares... O próprio vento
Esse bronco, esse praguento,
    Fala em verso:

Voz forte, bruscas maneiras
Pela boca pondo os bofes,
O vento improvisa estrofes
    Condoreiras.

Beijam-se as frondes, arrulam,
Trocam afagos, promessas...
E as árvores secas, essas
    Gesticulam.

Gesticulam, como espectros,
No vácuo, tentando abraços
Com seus descarnados braços
    De dez metros.

Algum trovador de esquina
Canta a paixão que o devora;

E a sua voz geme, chora,
   Desafina.

Ao longe um eco repete
O canto, frase por frase,
Em tom abrandado, quase
   Sem falsete.

Tem o aspecto apalaçado
Da pedra cara e maciça
O muro, em simples caliça,
   De um sobrado.

Nem castelã falta a esse
Castelo: na luz da lua,
Branca, airosa, seminua,
   Resplandece,

Numa pose pitoresca
De romance ou de aquarela
A burguesa que à janela
   Goza a fresca.

O olhar, o ouvido, a alma inteira
Vê, ouve, acredita, sente
Quanto sonhe, quanto invente,
   Quanto queira,

Quando, ó lua das baladas,
Forjas visões indistintas
Com esse aguado das tintas
   Estragadas.

(*Ibidem*, p. 73-77.)

PALAVRAS AO MAR

  Mar, belo mar selvagem
Das nossas praias solitárias! Tigre
A que as brisas da terra o sono embalam,
A que o vento do largo erriça o pêlo!
Junto da espuma com que as praias bordas,
Pelos marulho acalentada, à sombra
Das palmeiras que arfando se debruçam
Na beirada das ondas — a minha alma
Abriu-se para a vida como se abre
A flor da murta para o sol do estio.

  Quando eu nasci, raiava
O claro mês das garças forasteiras:
Abril, sorrindo em flor pelos outeiros,
Nadando em luz na oscilação das ondas,
Desenrolava a primavera de ouro:
E as leves garças, como folhas soltas
Num leve sopro de aura dispersadas,
Vinham do azul do céu turbilhonando
Pousar o vôo à tona das espumas...

  É o tempo em que adormeces
Ao sol que abrasa: a cólera espumante,
Que estoura e brame sacudindo os ares,
Não os sacode mais, nem brame e estoura;
Apenas se ouve, tímido e plangente,
O teu murmúrio; e pelo alvor das praias,
Langue, numa carícia de amoroso,
As largas ondas marulhando estendes...

  Ah! vem daí por certo
A voz que escuto em mim, trêmula e triste,
Este marulho que me canta na alma,
E que a alma jorra desmaiado em versos;

De ti, de ti unicamente, aquela
Canção de amor sentida e murmurante
Que eu vim cantando, sem saber se a ouviam,
Pela manhã de sol dos meus vinte anos.

Ó velho condenado
Ao cárcere das rochas que te cingem!
Em vão levantas para o céu distante
Os borrifos das ondas desgrenhadas.
Debalde! O céu cheio de sol se é dia,
Palpitante de estrelas quando é noute,
Paira, longínquo e indiferente, acima
Da tua solidão, dos teus clamores...

Condenado e insubmisso
Como tu mesmo, eu sou como tu mesmo
Uma alma sobre a qual o céu resplende
— Longínquo céu — de um esplendor distante.
Debalde, ó mar que em ondas te arrepelas,
Meu tumultuoso coração revolto
Levanta para o céu, como borrifos,
Toda a poeira de ouro dos meus sonhos.

Sei que a ventura existe,
Sonho-a; sonhando a vejo, luminosa,
Como dentro da noute amortalhado
Vês longe o claro bando das estrelas;
Em vão tento alcançá-la, e as curtas asas
Da alma entreabrindo, subo por instantes...
Ó mar! A minha vida é como as praias,
E o sonho morre como as ondas voltam!

Mar, belo mar selvagem
Das nossas praias solitárias! Tigre
A que as brisas da terra o sono embalam,
A que o vento do largo eriça o pêlo!

Ouço-te às vezes revoltado e brusco,
Escondido, fantástico, atirando
Pela sombra das noutes sem estrelas
A blasfêmia colérica das ondas...

Também eu ergo às vezes
Imprecações, clamores e blasfêmias
Contra essa mão desconhecida e vaga
Que traçou meu destino... Crime absurdo
O crime de nascer! Foi o meu crime.
E eu expio-o vivendo, devorado
Por esta angústia do meu sonho inútil.
Maldita a vida que promete e falta,
Que mostra o céu prendendo-nos à terra,
E, dando as asas, não permite o vôo!

Ah! cavassem-te embora
O túmulo em que vives — entre as mesmas
Rochas nuas que os flancos te espedaçam,
Entre as nuas areias que te cingem...
Mas fosses morto, morto para o sonho,
Morto para o desejo de ar e espaço,
E não pairasse, como um bem ausente,
Todo o infinito em cima de teu túmulo!

Fosses tu como um lago,
Como um lago perdido entre montanhas:
Por só paisagem — áridas escarpas,
Uma nesga de céu como horizonte...
E nada mais! Nem visses nem sentisses
Aberto sobre ti de lado a lado
Todo o universo deslumbrante — perto
Do teu desejo e além do teu alcance!

Nem visses nem sentisses
A tua solidão sentindo e vendo
A larga terra engalanada em pompas
Que te provocam para repelir-te;

Nem, buscando a ventura que arfa em roda,
A onda elevasses para a ver tombando,
— Beijo que se desfaz sem ter vivido,
Triste flor que já brota desfolhada...

Mar, belo mar selvagem!
O olhar que te olha, só te vê rolando
A esmeralda das ondas, debruada
Da leve fímbria de irisada espuma...
Eu adivinho mais: eu sinto... ou sonho
Um coração chagado de desejos
Latejando, batendo, restrugindo
Pelos fundos abismos do teu peito.

Ah, se o olhar descobrisse
Quanto esse lençol de águas e de espumas
Cobre, oculta, amortalha! A alma dos homens
Apiedada entendera os teus rugidos,
Os teus gritos de cólera insubmissa,
Os bramidos de angústia e de revolta
De tanto brilho condenado à sombra,
De tanta vida condenada à morte!

Ninguém entenda, embora,
Esse vago clamor, marulho ou versos,
Que sai da tua solidão nas praias,
Que sai da minha solidão na vida...
Que importa? Vibre no ar, acorde os ecos
E embale-nos a nós que o murmuramos...
Versos, marulho! amargos confidentes
Do mesmo sonho que sonhamos ambos!

(*Ibidem*, p. 97-102.)

Carta a V. S.[a]

Artista, amigo, irmão, sê generoso e pio,
Perdoa a um pescador seus pecados mortais!
Eu, alma em turbilhão, corpo em cacos, expio
Com remorsos cruéis e doenças fatais
Faltas em que reincido, erros em que porfio.

Ai, no fundo, não sou mais do que um bugre, eis tudo.
Corre abundante em mim sangue de guaianás.
Veste-me a pele branca o espírito desnudo,
Simples, rudimentar, insubmisso, incapaz,
Que porventura herdei de algum avô beiçudo.

Imagina que sou neto de algum cacique
Cuja vida feliz de nômade sem lar
Tinha a alegre feição de um grande piquenique;
E em cuja fronte altiva as plumas de um cocar
Eram como a expressão ritual do último chique.

Algum bugre feroz, cujo corpo bronzeado
Mantinha a liberdade inata da nudez;
Que dormia tranqüilo um sono descuidado
— Passivo, indiferente, enfarado talvez —
Sob o mistério azul do céu todo estrelado.

Ignorando o pavor da vida extraterrena,
Tinha para o Futuro um olhar imbecil;
E, passando na terra, inútil, em pequena
Viagem através da natureza hostil,
Vivia sem cuidado e morria sem pena.

Vegetava feliz, sem lei, sem rei nem roque.
Sua única ambição era a fome vivaz;
Sua única riqueza, uma frecha e um bodoque.

---
[a] Valdomiro Silveira.

E abria-se num riso eterno e contumaz
O seu lábio — fendido ao peso do batoque.

Imagina tu, pois, a alma do avô selvagem
Comprimida, esmagada, atônita, infeliz,
Medida numa vasta e complexa engrenagem
De deveres morais e tramóias sutis,
De apuros de dinheiro e apuros de linguagem;

Imagina esse filho inculto da floresta,
Que ama o céu porque é belo e ama o sol porque luz,
— Perdido na Cidade ignóbil e funesta,
Cheia de sombra e pó, caída e desonesta,
Velha Aspásia, garrida, e a desfazer-se em pus;

Vê se esse humilde e tosco espírito imaginas,
Ao sabor de uma turba em grita e em confusão,
Pela prédica e o livro, os jornais e as mofinas,
Arrastado em tropel — disputado em leilão
Em nome de três mil Sistemas e Doutrinas;

Imagina cativa, entregue, submetida
Aos caprichos da Moda e à exigência das Leis,
Entre o encanto do Mal e a idéia da Outra Vida,
Entre o culto de Deus e o culto do Mil-Réis,
Entre o padre e o vendeiro, entre o Verso e a Comida;

Ai, imagina assim a alma do bugre bravo,
Meu avô — que, no mato, era o dono feliz
Do seu tempo vazio e do seu gosto ignavo,
Que era, em suma, o senhor do seu próprio nariz...
— Alma livre que em mim reviveu num escravo!

Alma apenas capaz de adejar, fugidiça,
Em vôos leves de uma asa de beija-flor;
E obrigada a pairar nas regiões da Justiça
Como um corvo que sobe ao céu todo esplendor
Para, do alto, melhor lobrigar a carniça...

Ai, a alma do tupi, bem mal domesticada
À macaqueação cabocla do europeu,
Conserva, forte e viva, a angústia de exilada,
A saudade fiel de tudo que perdeu,
Da floresta nativa, ausente e devastada.

Assim, de quando em quando assalta-me a cachola
Um furioso desejo — ou do mato, ou do mar,
Das vastas solidões onde ninguém me amola...
E, pássaro cativo, eu fujo, a me escapar
Da Civilização — como de uma gaiola.

Fujo, escapo, disparo através das vielas
Plenas de agitação, de atritos e de pó;
Salvo-me, aos esbarrões, dando cebo às canelas,
A ouvir a voz de algum descendente de Jó
Que apregoa Moral — coberto de mazelas.

Liberto, a salvo enfim, penetro na floresta
Como num templo augusto habitado por Deus;
E ante o vasto esplendor da natureza em festa,
Sob a auréola em que a cinge a abóbada dos céus[9]
— Rendo-lhe a adoração que o meu olhar lhe presta.

Nem padres, nem altar, nem liturgia... Um coro
De aves canta a alegria ingênua de viver;
De longe em longe reza e resmunga um besouro,[10]
E sobe, como incenso, o perfume, a se erguer
Da sombra em flor do chão que o sol polvilha de ouro.

E, por um dia ou dois, eis-me entregue, alma antiga
De bugre resurrecto, o olhar vago, os pés nus,
À doce Religião da Natureza amiga...
Erro à toa: o primeiro atalho me conduz,
Ver o céu me contenta; uma árvore me abriga.

---

[9] O poeta contou como uma só sílaba métrica a segunda e terceira sílabas de "auréola", pronunciando "auréula".

[10] *Coro, tesouro*: vide nota no fim do volume: Olavo Bilac 2.

Estendo-me na relva; e, na delícia absorto
De sentir a alma leve, oca, vazia... assim
Gozo a beatitude inteira do conforto
De me deixar levar pelo tempo sem fim
Como um toco sem vida a boiar num mar morto.

Não pensar, não querer... A ambição e a saudade
Adormecidas; morta essa ilusão pueril
De fazer intervir no Destino a Vontade...
Ignorar o Minuto, inseto odioso e vil
Que rói a vida e vai tecendo a eternidade...

Na solidão do mato, esqueço, ignoro, em suma:
Sou feliz. Dou sueto a esta alma de aluguel
Que vive, de auto em auto, a desfazer-se em espuma;[11]
E, livre do canudo atroz de bacharel,
Passo orgulhosamente a ser cousa nenhuma.

E o mar então... O mar, o velho confidente
De sonhos que a mim mesmo hesito em confessar,
Atrai-me; a sua voz chama-se docemente,
Dá-me uma embriaguez como feita de luar...
O mar é para mim como o Céu para um crente.

Vê tu lá, Valdomiro, o bugre apenas manso
Que eu sou. Sob o verniz que me disfarça, está
O tapuia boçal, bravio como um ganso,
Devoto da Preguiça, amigo do descanso,
— Um neto do remoto avô Tibiriçá.

Ímpetos de voltar, fugido, para o mato,
De me fazer ao mar numa casca de noz:
Eis o vício do bugre, eis o meu vício inato,
Eis o que eu em remorso e em cólicas resgato,
Eis o crime de ser neto de meus avós.

---

[11] O poeta contou como uma só sílaba métrica -se em es.

E agora, conhecendo a verdade inteiriça,
Perdoa a um pescador seus pecados mortais,
Perdoa a um preguiçoso os crimes da Preguiça,
E a um bugre como eu sou, não ter na alma insubmissa
O culto da visita e dos Cartões Postais!

Falando agora a sério — e envergonhado o digo:
Não, desculpa não há que ouse em prosa valer
Às mil faltas em que eu estou para contigo.
O verso diz... o que não há para dizer:
Pague, pois, o poeta as dívidas do amigo.

Paga-as; paga-as à vista, em rima numerosa:
Paga-as de rosto alegre e coração feliz,
Porque, na mesma estrofe exata e afetuosa,
Pode, na mesma voz que o mesmo verso diz,
Saudar a um tempo o amigo e o príncipe da prosa.

Lida a defesa, que é tão extensa e tão crua,
Outorga ao réu confesso um perdão liberal...
Pai do céu! ainda aqui fiz uma falcatrua:
Sendo a defesa assim tão comprida — afinal
Os pecados são meus — e a penitência é tua...

(*Ibidem*, p. 107-114.)

CANTIGAS PRAIANAS

V

Eu sou como aquela fonte
Que vai, tão triste, a chorar:
Desce da encosta do monte,
Corre em procura do mar.

Perdição da minha vida,
Meu amor! bem compreendo

Onde vou nesta descida...
E vou chorando e descendo.

Pobre da fonte, baqueia
Na vargem, sempre a chorar
E turva, turva de areia,
Corre... corre para o mar...

Perdição de minha vida,
Amor que me vais levando!
Terá fim esta descida?
Há-de ter... Mas onde? e quando?

Com pouco mais que descaia,
Lá vai a fonte parar:
Chega na beira da praia...
Morre nas ondas do mar...

(*Ibidem*, p. 124-125.)

SONETOS

III

Enganei-me supondo que, de altiva,
Desdenhosa, tu vias sem receio
Desabrochar de um simples galanteio
A agreste flor desta paixão tão viva.

Era segredo teu? Adivinhei-o:
Hoje sei tudo: alerta, em defensiva
O coração que eu tento e se me esquiva
Treme, treme de susto no teu seio.

Errou quem disse que as paixões são cegas;
Vêem... Deixam-se ver... Debalde insistes:
Que mais defendes, se tu'alma entregas?

Bem vejo (vejo-o nos teus olhos tristes...)
Que tu, negando o amor que em vão me negas,
Mais a ti mesma do que a mim resistes.

(*Ibidem*, p. 175.)

OLHOS VERDES

Olhos encantados, olhos cor do mar,
Olhos pensativos que fazeis sonhar!

Que formosas cousas, quantas maravilhas
Em vos vendo sonho, em vos fitando vejo:
Cortes pitorescos de afastadas ilhas
Abanando no ar seus coqueirais em flor,
Solidões tranqüilas feitas para o beijo,[1]
Ninhos verdejantes feitos para o amor...

Olhos pensativos que falais de amor!

Vem caindo a noute, vai subindo a lua...
O horizonte, como para recebê-las,
De uma fímbria de ouro todo se debrua;
Afla a brisa, cheia de ternura ousada,
Esfrolando as ondas, provocando nelas
Bruscos arrepios de mulher beijada...

Olhos tentadores da mulher amada!

Uma vela branca, toda alvor, se afasta
Balançando na onda, palpitando ao vento;
Ei-la que mergulha pela noute vasta,
Pela vasta noute feita de luar;
Ei-la que mergulha pelo firmamento
Desdobrado ao longe nos confins do mar...

---
[1] *Tejo, beijo*: vide nota no fim do volume: Olavo Bilac 2

Olhos cismadores que fazeis cismar!

Branca vela errante, branca vela errante,
Como a noute é clara! como o céu é lindo!
Leva-me contigo pelo mar... Adiante!
Leva-me contigo até mais longe, a essa
Fímbria do horizonte onde te vais sumindo
E onde acaba o mar e de onde o céu começa...

Olhos abençoados, cheios de promessa!

Olhos pensativos que fazeis sonhar,
       Olhos cor do mar!

(*Ibidem*, p. 192-193.)

Desiludida

Sou como a corça ferida
Que vai, sedenta e arquejante,
Gastando uns restos de vida
Em busca da água distante.

Bem sei que já me não ama,
E sigo, amorosa e aflita,
Essa voz que não me chama,
Esse olhar que não me fita.

Bem reconheço a loucura
Deste amor abandonado
Que se abre em flor, e procura
Viver de um sonho acabado;

E é como a corça ferida
Que vai, sedenta e arquejante,
Gastando uns restos de vida
Em busca da água distante:

Só, perdido no deserto,
Segue empós do seu carinho:
Vai se arrastando... e vai certo
Que morre pelo caminho.

(*Ibidem*, p. 206-207.)

Guimarães Passos

(1867-1909)

Na terra estava quando te queria
De todas as mulheres diferente,
E olhando a altura com o fervor dum crente
Em nuvem de ouro a tua imagem via.

Na asa encantada que a paixão me abria
Subi, para buscar-te unicamente,
E em cima estando vi-te, de repente,
Na terra, no lugar donde eu saía.

Olhos de amante, que de tal maneira
Andam cheios de lúcida loucura,
Que assim se perdem na maior cegueira.

E vendo aquilo que não há, decerto,
Sonham longe a ilusão de uma ventura
E não vêem a ventura que têm perto.

(*Versos de um simples*, Rio de Janeiro, 1891, p. 82-83.)

PUBESCÊNCIA

A Emílio de Meneses.

Ei-la! Chega ao jardim, que estava triste,
Porque a sua alegria ausente estava,
E ela, que em vê-lo dantes se alegrava,
Agora a toda a tentação resiste.

Seria outra alma, pensa, que a animava?
Porque um desejo que a persegue insiste?
Qualquer cousa que ignora, mas que existe,
Pulsa-lhe ao coração que não pulsava.

Triste cismando segue, e em frente à fonte
— Um sátiro, de cuja boca escorre
Um fino fio d'água transparente —

Ri-se dos cornos que lhe vê na fronte,
Os lábios cola aos dele, e porque morre
De sede, bebe alucinadamente.

(*Ibidem*, p. 201-202.)

GUARDA E PASSA

Non me destar, deh! parla basso.
MIGUEL ÂNGELO.

Figuremos: tu vais (é curta a viagem),
Tu vais e, de repente, na tortuosa
Estrada vês, sob árvore frondosa,
Alguém dormindo à beira da passagem.

Alguém cuja fadiga angustiosa
Cedeu ao sono em meio da romagem,
E exausto dorme... Tinhas tu coragem
De acordá-lo? Responde-me, formosa.

Quem dorme esquece... Pode ser medonho
O pesadelo que entre o horror nos fecha;
Mas sofre menos o que sofre em sonho.

Ó tu, que turvas o palor da neve,
Tu, que as estrelas escureces, deixa[1]
Meu coração dormir... Pisa de leve.

Rio.

(*Horas mortas*, Laemmert & Cia., Rio de Janeiro, 1901, p. 5.)

MEA CULPA

Não é tua alma o lírio imaculado
Que à luz de uns olhos puros se levanta,
Pois não fulgura em teu olhar a santa
Chama que brilha isenta do pecado.

Se o teu seio palpita apaixonado,
Se a voz do amor nos teus suspiros canta,
Não me ilude o queixume que à garganta
Quebras para me ver mais desgraçado!

Eu bem sei quem tu és... Mas, que loucura
Arrasta-me a teus pés como um cativo!
Mostra-me o inferno a aberta sepultura:

E abraçado contigo, ó pecadora!
Eu desço-o tão feliz como se fora
Um justo ao claro céu subindo vivo.

(*Ibidem*, p. 10.)

VILANCETE

Saudades mal compensadas,
Por que motivo as tomei?
Como agora as deixarei?

---
[1] *Fecha, deixa*: vide nota no fim do volume: Olavo Bilac 2.

Voltas

Hoje por coisas passadas,
E só por vosso respeito,
Varado vejo meu peito,
Senhora, por Sete Espadas.
Saudades mal compensadas
Destes-me rindo, e não sei
Por que motivo as tomei...

Busquei-vos por brincadeira,
Aceitastes-me por brinco;
Quis-vos depois com afinco,
Não-me quis vossa cegueira.
Vejo-me desta maneira...
Penas que eu próprio busquei,
Como agora as deixarei?

(*Ibidem*, p. 33.)

... DEPOIS

Para mim, pouco importa a recompensa
Dos meus carinhos quando te procuro;
Dirão que tens um coração tão duro,
Que pedra alguma há que em rijeza o vença.

Dirão que a calculada indiferença
Com que tu me recebes é seguro
Condão que tens de todo o meu futuro
Trocar, sorrindo, em desventura imensa.

Dirão... Que importa a mim? Dá-me o teu leito,
Dá-me o teu corpo, fecha-me nos braços,
Une os lábios aos meus, o peito ao peito,

Que eu nem saiba qual seja de nós dois...
Mentem teus beijos? Mentem teus abraços?
Seja tudo mentira... mas depois.

Buenos Aires.

(*Ibidem*, p. 33.)

Pedro Rabelo

(1868-1905)

PÁGINA 102

Mágoa horrenda, ânsia horrenda, ciúme horrendo
Esta mísera página continha,
E ela, por lê-la, dos seus olhos vinha,
Vinha um fio de lágrimas descendo.

Esta os seus olhos, que choravam lendo,
Mais do que as outras páginas detinha,
E àquele pranto pela angústia minha
Iam-me os versos desaparecendo...

A sua última lágrima desfê-los...
Hoje, estes mesmos pobres versos choram,
O lugar dos antigos ocupando;

E estes — como os primeiros, que os seus belos,
Seus tristes olhos apagando foram —
Vão-se-me agora aos poucos apagando...

(*Ópera lírica*, Imprensa Nacional, Rio, 1894, p. 75-76.)

ZEFERINO BRASIL,

(1870-1942)

De leve beijo as suas mãos pequenas,
Alvas, de neve, e, logo, um doce, um breve,
Fino rubor lhe tinge a face, apenas
De leve beijo as suas mãos de neve.

Ela vive entre lírios e açucenas,
E o vento a beija e, como o vento, deve
Ser o meu beijo em suas mãos serenas:
— Tão leve o beijo, como o vento é leve.

Que essa divina flor, que é tão suave,
Ama o que é leve, como um leve adejo
De vento ou como um garganteio de ave,

E já me basta, para meu tormento,
Saber que o vento a beija, e que o meu beijo
Nunca será tão leve como o vento...

(*Vovó musa*, Porto Alegre, 1903, p. 92.)

CARLOS MAGALHÃES DE AZEREDO,

Nascido em 1872

Despedida

Não me coroes, Alma querida, de rosas: o encanto
Da Juventude é efêmero; e a minha é quase extinta.

Também não me coroes de louros: a Glória não fala
Ao coração, nem o ouve; passa, longínqua e fria.

Coroa-me das heras, que abraçam as graves ruínas:
São da humildade símbolo e da tristeza eterna...[1]

(Odes e elegias, Tipografia Centenário, Roma, p. 137.)

---

[1] Este poema está escrito em metros bárbaros, assim chamados por oposição aos metros clássicos gregos e latinos, porque, imitando-os embora no ritmo, contam-se no entanto pelas sílabas com os seus acentos, e não por pés ou quantidades. De tais metros bárbaros houve umas primeiras tentativas em nossa língua no começo do século XIX por José Anastácio da Cunha e Vicente Pedro Nolasco.

Júlio Salusse,

(1872-1948)

O Olhar da Morta

Foi quando o sol nascia no levante
Que ela, formosa como o sol, chegou.
Tornei-me louco desde aquele instante,
Louco por ela, como ainda estou.

Tivemos uma vida extravagante:
Amei-a muito... Ela também me amou.
Partiu depois para um país distante,
Partiu depois e nunca mais voltou.

Morreu, talvez. Todas as noites sonho
Que me contempla o seu olhar tristonho,
Olhar que um brilho fúnebre contém.

Desperto. Abro as janelas, louco, aflito...
Crente que ela morreu, soluço e grito:
— Por que motivo não morri também?

Cisnes

A vida, manso lago azul algumas
Vezes, algumas vezes mar fremente,
Tem sido para nós constantemente
Um lago azul sem ondas, sem espumas.

Sobre ele, quando, desfazendo as brumas
Matinais, rompe um sol vermelho e quente,
Nós dois vagamos indolentemente,
Como dois cisnes de alvacentas plumas.

Um dia um cisne morrerá, por certo:
Quando chegar esse momento incerto,
No lago, onde talvez a água se tisne,

Que o cisne vivo, cheio de saudade,
Nunca mais cante, nem sozinho nade,
Nem nade nunca ao lado de outro cisne!

(Manuscritos fornecidos pelo autor. Ambos os sonetos apareceram no livro *Nevrose azul*, ed. da *Gazeta de Notícias*, Rio, 1895.)

Francisca Júlia

(1874-1920)

RÚSTICA

Da casinha em que vive, o reboco alvacento
Reflete o ribeirão na água clara e sonora.
Este é o ninho feliz e obscuro em que ela mora.
Além, o seu quintal; este, o seu aposento.

Vem do campo, a correr; e úmida do relento,
Toda ela, fresca do ar, tanto aroma evapora,
Que parece trazer consigo, lá de fora,
Na desordem da roupa e do cabelo, o vento...

E senta-se. Compõe as roupas. Olha em torno
Com seus olhos azuis onde a inocência bóia;
Nessa meia penumbra e nesse ambiente morno.

Pegando da costura à luz da clarabóia,
Põe na ponta do dedo em feitio de adorno,
O seu lindo dedal com pretensão de jóia.

(*Esfinges*, Monteiro Lobato & Cia., S. Paulo, p. 39-40.)

Inverno

A João Luso.

Outrora, quanta vida e amor nestas formosas
Ribas! Quão verde e fresca esta planície, quando,
Debatendo-se no ar, os pássaros, em bando,
O ar enchiam de sons e queixas misteriosas!

Tudo era vida e amor. As árvores copiosas
Mexiam-se, de manso, ao resfôlego brando
Da brisa que passava em tudo derramando
O perfume sutil dos cravos e das rosas...

Mas veio o inverno; e vida e amor foram-se em breve...
O ar se encheu de rumor e de uivos desolados...
As árvores do campo, enroupadas de neve,

Sob o látego atroz da invernia que corta,
São esqueletos que, de braços levantados,
Vão pedindo socorro à primavera morta.

(*Ibidem*, p. 45-46.)

Noturno

Pesa o silêncio sobre a terra. Por extenso
Caminho, passo a passo, o cortejo funéreo
Se arrasta em direção ao negro cemitério...
À frente, um vulto agita a caçoula do incenso.

E o cortejo caminha. Os cantos do saltério
Ouvem-se. O morto vai numa rede suspenso;
Uma mulher enxuga as lágrimas ao lenço;
Chora no ar o rumor de um misticismo aéreo.

Uma ave canta; o vento acorda. A ampla mortalha
Da noite se ilumina ao resplendor da lua...
Uma estrige soluça; a folhagem farfalha.

E enquanto paira no ar esse rumor das calmas
Noites, acima dele, em silêncio, flutua
O lausperene mudo e súplice das almas.

(Ibidem, p. 53-54.)

NATUREZA

Um contínuo voejar de moscas e de abelhas
Agita os ares de um rumor de asas medrosas;
A Natureza ri pelas bocas vermelhas
Tanto das flores más como das boas rosas.

Por contraste, hás-de ouvir em noites tenebrosas
O grito dos chacais e o pranto das ovelhas,
Brados de desespero e frases amorosas
Pronunciadas, a medo, à concha das orelhas...

Ó Natureza, ó Mãe pérfida! tu que crias,
Na longa sucessão das noites e dos dias,
Tanto aborto, que se transforma e se renova:

Quando meu pobre corpo estiver sepultado,
Mãe! transforma-o também num chorão recurvado
Para dar sombra fresca à minha própria cova.

(Ibidem, p. 63-64.)

ÂNGELUS

A Filinto d'Almeida.

Desmaia a tarde. Além, pouco e pouco, no poente,
O sol, rei fatigado, em seu leito adormece:

Uma ave canta, ao longe; o ar pesado estremece
Do ângelus ao soluço agoniado e plangente.

Salmos cheios de dor, impregnados de prece,
Sobem da terra ao céu numa ascensão ardente.
E enquanto o vento chora e o crepúsculo desce,
A Ave-Maria vai cantando, tristemente.

Nest'hora, muita vez, em que fala a saudade
Pela boca da noite e pelo som que passa,
Lausperene de amor cuja mágoa me invade,

Quisera ser o som, ser a noite, ébria e douda
De trevas, o silêncio, esta nuvem que esvoaça,
Ou fundir-me na luz e desfazer-me toda.[1]

(*Ibidem*, p. 65-66.)

PÉRFIDA

Disse-lhe o poeta: — "Aqui, sob estes ramos,
Sob estas verdes laçarias bravas,
Ah! quantos beijos, trêmula, me davas!
Ah! quantas horas de prazer passamos!

Foi aqui mesmo, — como tu me amavas!
Foi aqui, sob os úmidos recamos
Desta ramagem, que uma rede alçamos
Em que teu corpo, mole, repousavas.

Horas passava junto a ti, bem perto
De ti. Que gozo então! Mas, pouco a pouco,
Todo esse amor calcaste sob os pés."

---
[1] *Douda, toda*: vide nota no fim do volume: Olavo Bilac 2.

— "Mas", disse-lhe ela, "quem és tu? Decerto,
Essa mulher de quem tu falas, louco,
Não, não sou eu, porque não sei quem és..."

(Ibidem, p. 103-104.)

Visão

Eu sonhava talvez. Talvez sonhando
Estivesse nessa hora abençoada
Em que do céu, tranqüila, a vi baixando
Por uma grande e luminosa escada.

Havia em tudo as silenciosas mágoas
Das noutes de luar... Pálida e nua,
Vagava pelo céu a branca lua
Tremendo toda no bulir das águas...

Vendo-a, nem vi os ásperos abrolhos
Em que meus pés iam sangrando... E vi-a
Nessa atitude de quem ama, os olhos
Claros e azuis postos nos meus... E ria...

Não sei que vago sonho, que ventura
De amor sonhei naquele olhar celeste...
Vi-a envolvida numa fina veste
De vaporosa e imaculada alvura.

Desde o dia em que a vi, não sei que estranha
Felicidade me acalenta e acalma;
Vejo-a ao meu lado, sinto-a dentro d'alma;
Ela por toda a parte me acompanha.

Hei-de encontrá-la ainda uma vez; mas onde?
Em que plaga risonha, em que infinita

Pátria encantada essa visão habita
Que à minha voz saudosa não responde?

1890.

(*Ibidem*, p. 91-92.)

Notas

Luís Delfino

Ou se asas como as outras pombas têm. — Este decassílabo, de tão fluido movimento rítmico, decompõe-se, pelas pausas naturais do sentido, em um verso de duas sílabas (*ou se a-*) e em outro de oito (*-sas como as outras pombas têm*).

Grande é a variedade de acentuação nos decassílabos de Luís Delfino. Todavia, não encontramos neles certos ritmos freqüentes no decassílabo francês e no italiano. Os nossos parnasianos exigiam em tal metro uma pausa na sexta sílaba, ou, quando esta faltava, duas — uma na quarta, outra na oitava. No entanto, encontram-se em Camões muitos exemplos harmoniosos de outros ritmos (3+7, 4+3+3, 2+8, 4+6). Os seguintes não deixam lugar a dúvida:

> *Sacras a / ras e sacerdote santo* (Lus. II,5)
> *Dos vossos rei / nos será / certamente* (Lus. VII, 62)
> *O louvor gran / de, o rumor / excelente* (Lus. IX, 46)
> *É força / do que a pudicícia honesta* (Lus. IX, 49)
> *Se ser / ve inda dos animosos braços* (Lus. X, 31)
> *Vejo do mar / a instabilidade* (Écloga V)
> *E outros, fei / tos biza / rros soldados* (Écl. IX)
> *Mortos de Espar / ta os heróis valorosos* (Écl. XI)

Outros há, muito mais numerosos, em que um artifício de dição pode fazer recair a pausa na sexta sílaba ou na quarta e na oitava, mas o sentido natural pede-a em outras sílabas. Exemplos colhidos nos *Lusíadas*:

> *As embarcações/ eram na maneira* (I, 46)
> *Por lhe defender / a água desejada* (I, 86)
> *Da vida tu / a tem tan / ta alegria* (II, 2)
> *Carmesi / cor que a gen / te tanto preza* (II, 97)
> *Contra Deus, / contra o maternal amor* (III, 31)
> *Que fa / mas lhe prometerás /, que histórias* (V, 97)
> *Julgam por fal / sos ou mal / entendidos* (V, 17)
> *Dizem que por naus / que em grandeza igualam* (V, 77)

> Apodreci/a c'um fé/tido e bruto (V 82)
> Tratar brandu/ras em tan/ta aspereza (VI, 41)
> Por quem das cou/sas é úl/tima linha (VI, 55)
> Já sois chega/dos, já ten/des diante (VII, 1)
> Tão larga te/rra, toda Á/sia discorre (VII, 18)
> Fortuna o trou/xe a tão lon/go desterro (VII, 24)
> Rompendo a for/ça do lí/quido estanho (VIII, 73)
> Lhe andar arman/do que pôr/em ventura (VIII, 90)
> E aque/las em que já foi convertida (IX, 24)
> Fugi/res por que não possa tocar-te (IX, 78)
> Ela fará/que não po/ssa alcançar-te (IX, 78)
> Que depois/ de lhe ter di/to quem era (IX, 86)
> Mas um ti/ro que com zunido soa (X, 17)
> Que enquanto Fe/bo de luz/nunca escasso (X, 86)
> Cujo po/mo contra o veneno urgente (X, 136).

Exemplos colhidos na *Lírica* (edição crítica pelo dr. José Maria Rodrigues e Afonso Lopes Vieira):

> Sere/no, pescador po/bre, forçado (Écloga I)
> Não me preza/va de ser/ enganada (E. VI)
> Pois é memó/ria que traz/mor cuidado (E. IV)
> Tão crua nin/fa nem tão fugitiva (Ode I)
> Formou um fei/to de tal Feitor dino (O. I)
> Tu que alcanças/te com li/ra toante (O. III)
> Que me faz buscar/vossa crueldade (Elegia III)
> Em todo o tem/po não dei/xa de arder (E. VII)
> Vivei, cuida/dos, enquan/to eu viver (E. VII)
> Paguei-o lo/go com lon/go tormento (E. VII)
> Era no tem/po que a fres/ca verdura (Canção IV)
> Senti no bos/que, e mais ver/de tornar-se (C. IV)
> Vi que dava, vê/de o que em mim faria (C. IV)
> Vão, deleito/so e a dor/ moderada (C. XI)

Há ainda, nos *Lusíadas*, um verso — o segundo da estrofe 62, Canto V: "Posto que todos Etíopes eram", suscetível de controvérsia. Mário de Alencar, no seu *Dicionário de rimas*, acentua a segunda sílaba de "Etíopes": o decassílabo assim decompor-se-ia em 4+3+3. Na edição crítica dos *Lusíadas* pelo dr. José Maria Rodrigues e Afonso Lopes Vieira a palavra "Etíopes" aparece como paroxítono, o que dá ao decassílabo acentuação na quarta e oitava sílabas.

Esses decassílabos de acentuação ambígua são raríssimos em nossos melhores parnasianos. Não me lembro de os ter encontrado jamais em Bilac, Raimundo Correia e Vicente de Carvalho. Em Alberto de Oliveira, anotou o prof. Sousa da Silveira um exemplo: "A lavar também, como gigantescos" ("Flor do rio", *Poesias*, 3ª série, Livraria Francisco Alves, Rio, 1928, p. 75).

Entre os modernos poetas, Martins Fontes compôs os "Decassílabos franceses" (*Poesias*, ed. do Bazar Americano, Santos, 1928, p. 377), todos com acentuação na quinta e na oitava sílabas, e Guilherme de Almeida no seu livro *Você* tem um poema intitulado "Soneto sem nada", em decassílabos que todos são pausados na quarta e na sétima sílabas.

MACHADO DE ASSIS

Na poesia "A Artur de Oliveira, enfermo", assim como em "A mosca azul", empregou Machado de Assis abundantemente o octossílabo com a primeira pausa na terceira sílaba:

> *Sabes tu de um poeta enorme...*
> *Calça o pé melindroso e leve...*
> *E mergulha como Leandro...*
> *Ora o Deus do ocidente esquece...*

Esse ritmo com acentuação na terceira sílaba foi registrado por Castilho no seu *Tratado de metrificação*. Sobre os octossílabos, escreve o poeta português:

"O metro de oito sílabas pode-se dizer que ainda não é usado em português. Nada há talvez escrito nele, afora uma ou duas tentativas de José Anastácio da Cunha, que porventura o estreou, e uma ou duas minhas, sem continuação, nem imitador; razão por que a sua harmonia se não acha ainda devidamente fixada, nem o ouvido nacional por ora se lhe ajeita; todavia, quando mais e melhor cultivado, este metro, a julgarmo-lo pelos seus elementos, e pelo que os franceses dele têm chegado a fazer, pode vir ainda a ser muito apreciado."

Dos românticos brasileiros, os únicos que o empregaram foram Gonçalves Dias e Machado de Assis.

Gonçalves Dias, em duas estrofes da poesia "A tempestade", a qual inclui desde o metro de duas sílabas até o de onze. Nas duas estrofes são todos os octossílabos acentuados na segunda e na quinta sílabas:

> *Bem como serpentes que o frio*
> *Em nós emaranha, — salgadas*
> *As ondas se estanham, pesadas*
> *Batendo no frouxo areal.*

Machado de Assis, na poesia "A flor da mocidade" (*Falenas*), três estrofes de oito versos cada uma. Nelas, quase todos os octossílabos levam pausa na terceira sílaba; só um está acentuado na quarta.

Com os parnasianos entrou o octossílabo a ser usado com mais freqüência em nossa poesia. Mas, desprezando a lição dos franceses, fixaram eles a sua acentuação na quarta sílaba: só uma ou outra vez abandonaram esse ritmo pausar na segunda sílaba do verso, quando esta era a tônica de uma palavra proparoxítona. Bilac, na série das "Baladas românticas", num total de 112 versos, só apresenta um não acentuado na quarta sílaba, e esse tem a primeira pausa na segunda sílaba tônica de um proparoxítono: "Mais pálida do que o luar!" Raimundo Correia empregou o octossílabo na poesia "*Amen*" (*Poesias*, Lisboa, 1906, p. 194-195); todos os versos (24) levam acentuação na quarta sílaba, mas a pausa do segundo verso cai no possessivo "seus": "Vagidos — seus primeiros ais —", de sorte que o corte natural dado pelo sentido é 2+6. Na poesia "*Elmani Tabernula*" (*Poesias*, p. 130) há um octossílabo com esse mesmo corte: "E os ódios finalmente esqueça…", e outro acentuado na terceira sílaba: "O vulgacho escarninho mofe". Alberto de Oliveira também acentuava quase sempre na quarta sílaba; no "Hino à lua", incluído neste volume, as exceções são poucas e levam a primeira pausa na segunda sílaba:

> *Rolando, a profundez das vagas…*
> *Mais próxima, e desde que ao mundo…*
> *Com a fria impassibilidade…*
> *O intérprete do sentimento…*

A mesma prática observamos em Vicente de Carvalho. Nas "Sugestões do crepúsculo", incluída neste volume, todos os versos levam a pausa na quarta sílaba, exceto os seguintes, cuja quarta sílaba cai em palavras onde o sentido da frase não admite a pausa:

> *No encalço dessa esquiva amante…*
> *Comove-se à melancolia…*

Nestes versos a pausa natural imposta pelo sentido cai na segunda sílaba.

Nenhum desses quatro mestres empregou jamais o octossílabo com pausa na terceira sílaba. E a prática deles foi sistematizada nos tratados de versificação de inspiração parnasiana. O de Bilac e Guimarães Passos decompõe o octossílabo em 2+2+4, ou em 4+2+2, ou ainda em 2+2+2+2; o de Osório Duque-Estrada também não registra o octossílabo com pausa na terceira sílaba. Registra-o, porém, Mário de Alencar no seu *Dicionário de rimas*, apoiando-se em exemplos de Machado de Assis.

Foi a lição deste e dos poetas franceses que predominou depois da geração parnasiana.

ALBERTO DE OLIVEIRA

O verso "Sírinx pura, as notas suspirosas" merece exame. É tavez o único, de toda a obra de Alberto de Oliveira, em que o seu instinto poético reagiu contra a tirania métrica dos parnasianos. A contagem acusa nove sílabas, a menos que se faça hiato da vogal final de "pura" para a vogal do artigo seguinte. Mas nem Alberto de Oliveira, nem Bilac, nem Raimundo Correia deixavam jamais de embeber a vogal que termina uma palavra na vogal igual que começa a palavra seguinte: foi mesmo esta uma das estreitezas do sistema parnasiano. Tinham eles que o hiato afrouxa o verso, sem refletirem que nem sempre o hiato é frouxidão. Reagindo neste ponto contra as molezas dos românticos, foram muito além do que deveriam e sacrificaram assim uma constante da velha tradição portuguesa. Dizia-me uma vez com agudeza o nosso poeta Afonso Lopes de Almeida: — "Já reparou como são fortes os versos fracos de Camões?" Queria referir-se aos versos onde ocorria o hiato. Há um destes versos no soneto numerado 117 na *Lírica de Camões*, edição crítica do dr. José Maria Rodrigues e Afonso Lopes Vieira: "Onde co'o vento a água se meneia…"

Não praticando o hiato de "pura" para o artigo seguinte, o que o poeta fez foi desmanchar o áspero grupo de três consoantes *esp* (xp), intercalando-lhe na pronúncia a vogal *e*: "Sírinxe pura as notas suspirosas".

RAIMUNDO CORREIA

Reproduzimos abaixo o poema "Beijo póstumo" tal como apareceu na edição original das *Sinfonias*:

Do meu primeiro amor, *és* o templo em ruína!

No estômago da morte, atro e voraginoso,
Essa carne ideal, deliciosa e fina,
Caiu como um manjar fino e delicioso!

Teu corpo decompõe-se e a supurar em flores,
Com funéreo pudor, os teus membros inermes
Hoje são a vivenda e o pábulo dos vermes
Asquerosos, cruéis, frios e roedores…

E o beijo que pedi-*te* e que *nunca me deste*,
Que em vida quis colher-*te* e nunca foi colhido,
Cai do *teu* lábio como um fruto apodrecido…

Ó beijo virginal! fruto que *apodreceste*!

O que vai aqui em itálico foi suprimido ou substituído pelo poeta na edição das *Poesias*. De uma versão à outra, a amada morta passou da segunda para a terceira pessoa. Note-se, no nono verso, o pronome enclítico em oração relativa: "que pedi-te", corrigido em *Poesias*. Foi decerto a um ou outro pronome, como este, não rigorosamente colocado segundo as regras da sintaxe portuguesa, que Machado de Assis se referia quando escreveu no prefácio às *Sinfonias*: "Não é sempre puro o estilo, nem a linguagem escoimada de descuidos…"

2. Em seu livro *Aérides* (Jacinto Ribeiro dos Santos, Rio, 1918, p. 103-109), comenta Alberto Faria as correções introduzidas por Raimundo Correia neste soneto da primeira para a segunda versão, e depois da segunda para a terceira. A primei-

ra apareceu em *A Semana* nº de 10 de janeiro de 1885, e era assim (as palavras em itálico assinalam o que depois foi alterado):

> *Eis tudo que o africano céu* incuba:
> *A canícula o azul avermelhando,*
> E, *como um basilisco de ouro, ondeando,*
> *O Senegal, e o leão de ruiva juba*...
>
> *E a jibóia e o chacal*... e a fera tuba
> Dos cafres pelas grotas *reboando,*
> E *as corpulentas* árvores, que um bando
> *Selvagem de hipopótamos* derruba...
>
> Como o guaraz nas rubras penas dorme,
> Dorme em nimbos de sangue o sol oculto...
> *O saibro inflama a Núbia* incandescente...
>
> *Dos monolitos cresce a sombra informe...*
> *Tal em minh'alma vai crescendo o vulto*
> Desta tristeza *aos poucos, lentamente.*

A segunda versão, aparecida em *Aleluias*, só difere da terceira e definitiva das *Poesias*, nos seguintes pontos: estava "O Nilo" em vez de "O Niger"; no terceiro verso do primeiro terceto, estava "da Núbia" em lugar de "africano"; no segundo terceto, estava "as sombras" em vez de "a sombra", "Dos monolitos, e em su'alma o vulto" em vez de "Do baobá... E cresce n'alma o vulto", e havia vírgula depois de "tristeza".

OLAVO BILAC

1. "Profissão de fé". Incluímos aqui estes versos, não porque lhes achemos maior interesse, além da perfeição formal. As estrofes "L'Art" dos *Émaux et Camées*, onde estas evidentemente se inspiraram, propunham ao artista um ideal bem mais elevado que este de trabalhar "no alvo cristal, na pedra rara, no ônix" à imitação do ourives paciente:

> Statuaire, repousse
> L'argile que pétrit
> Le pouce
> Quand flotte ailleurs l'esprit;
>
> Lutte avec le carrare,
> Avec de paros dur
> Et rare,
> Gardien du contour pur;

Mas estes versos de Bilac constituíram, de algum modo, a profissão de fé do movimento parnasiano em seu início. Ainda bem que os nossos poetas, a começar pelo próprio Bilac, não se cingiram a tão mesquinho conceito da arte.

2. *Arpejos, beijos; beijo, pejo; vejo, beijo; louca, boca; caçoula, rola; repouso, gozo; frouxo, roxo; pouco, oco; tesouro, coro; fecha, deixa; douda, toda.* Todas essas rimas obedecem à pronúncia usual brasileira; algumas mesmo (aquelas em que entra o ditongo *ou*), à pronúncia normal portuguesa. Todavia, os nossos parnasianos mais rigorosos procuraram evitá-las. Creio que lhes soavam como uma licença ou desleixo fonético, coisas que não admitiam. A única, talvez, largamente empregada foi a de *beijo* com *desejo, vejo,* etc., encontradiça até em Bilac. O que os mestres mais apurados nunca fizeram foi rimar *ais, éis, óis, uis* com *ás, és, ós, us*, como era comum entre os românticos. As exceções que conheço são as de Alberto de Oliveira em relação à última rima *uis, us* (*azuis, luz*), por mim assinaladas na minha *Antologia dos poetas brasileiros da fase romântica*, p. 300, e à primeira *ais, az* no soneto "Saudade de estátua" (*Poesias*, 1ª série, 1912, p. 99), onde "traz" rima com "mais". No entanto, todos os parnasianos rimaram abundantemente vogais abertas com vogais fechadas: *aposto, rosto; melhores, flores; bela, estrela*. Rimas quase só para os olhos.

3. "Surdina". Na revista *A Vida Semanária*, S. Paulo, 1887, publicou o poeta, sob o pseudônimo "Owaldo", uma poesia intitulada "Canção de inverno", inspirada no mesmo tema e com o mesmo refrão:

> Açouta o vento a campina.
>   O rio
> Dorme envolto na neblina...
>   Que frio!
>
> Cerro as portas do aposento
>   Vazio.
> Soa um longínquo lamento...
>   Que frio!
>
> E pinga, e pinga a geada,
>   Em fio,
> Sobre a vidraça abaixada...
>   Que frio!
>
> Abro as janelas agora:
>   Espio...
> Ouço... Que calma lá fora!
>   Que frio!
>
> Soluça um sino, murmura...
>   Ouvi-o...
> Que medo! Que noite escura!
>   Que frio!

Nem uma estrela no espaço
   Sombrio.
Faz medo o céu triste e baço:
   Que frio!

O olhar da altura trevosa
   Desvio.
A alma encolhe-se, medrosa.
   Que frio!

E o som do sino, tremente
   Tardio,
Chora no espaço dormente...
   Que frio!

Distingue-se o campo extenso,
   Baldio,
Por entre o nevoeiro denso...
   Que frio!

E o vento açouta a campina:
   O rio
Dorme envolto na neblina...
   Que frio! Brrr... Que frio!

(Em *Boêmia galante*, de Martins Fontes, p. 70-71)

4. "Como a floresta secular, sombria..." Este soneto apareceu em *A Semana*, nº de 14 de novembro de 1885, um ano antes da publicação das *Poesias*, sob o título "*Fiat Lux*". Reproduzimo-lo abaixo, assinalando em itálico o que foi posteriormente alterado pelo poeta:

Como a floresta secular, sombria,
Virgem do passo humano, *onde o machado*
Nunca entrou, onde ruge e ecoa o brado
Do tigre, e cuja agreste ramaria

Não atravessa nunca a luz do dia,
Assim também da luz do amor privado,
Tinhas o coração ermo e fechado
Numa atitude austeramente fria.

Hoje *gorjeia a estrídula* e sonora
Canção das aves nos suspensos ninhos;
Doura o cimo das árvores a aurora.

>   Abrem-se flores, *alam-se carinhos*,
>   E o sol do amor que não entrava outrora,
>   Entra, *prateando* a areia dos caminhos.

Raul Pompéia

As *Canções sem metro* traziam como prólogo o seguinte trecho da *Métrique Naturelle du Langage*, de Paul Pierson:

"*Les paroles qui composent le vers, n'ont par elles-mêmes aucune mesure déterminée; elles n'en ont une qu'à partir du moment où elles sont prononcées dans un temps mesuré: ce qui est mesuré, ce n'est donc pas le vers, mais le temps, et la science de la mesure, la Métrique, telle que nous l'entendons dans son sens vraiment général et scientifique, peut s'appliquer à toute mesure du temps, quel qu'en soit l'agent rythmique, danse, chant ou parole.*"

Vicente de Carvalho

"Fantasias do luar" — Em apêndice à 3ª e à 4ª edição dos *Poemas e canções*, vem um artigo do sr. Manuel Carlos para o *Estado de S. Paulo*, intitulado "História de um poema", e no qual expõe e comenta a longa elaboração deste poema. As emendas e alterações pouco a pouco introduzidas pelo poeta nestes versos valem por uma admirável lição de composição, de bom-gosto, de arte poética.

Francisca Júlia

Os parnasianos exigiam o hemistíquio nos alexandrinos. "O alexandrino clássico, o verdadeiro, o legítimo", disseram Bilac e Guimarães Passos no seu *Tratado de versificação*, "é o que obedece a esses preceitos." Que preceitos são esses? 1º) quando a última palavra do primeiro verso de seis sílabas que compõe o alexandrino é grave, a primeira palavra do segundo deve começar por *vogal* ou *h*; 2º) a última palavra do primeiro verso nunca pode ser esdrúxula.

No entanto, muitas vezes o hemistíquio aparecia nos alexandrinos parnasianos destituído de todo valor rítmico. Quebravam os ortodoxos a monotonia dos alexandrinos batidos na sexta sílaba, intercalando-lhes a espaços trímetros regulares. Há vários exemplos destes versos nos sonetos aqui incluídos da poetisa paulista:

>   *São esqueletos que de braços levantados...*
>   *Uma mulher enxuga as lágrimas ao lenço...*
>   *Uma ave canta; o vento acorda. A ampla mortalha...*
>   *A Ave-Maria vai cantando tristemente...*

Uma ou outra vez admitiam ainda alguns ritmos irregulares:

> *E senta-se. Compõe as roupas. Olha em torno...*
> *Ó Natureza, ó Mãe pérfida! tu, que crias...*
> *Tanto aborto, que se transforma e se renova...*

Aceitos esses ritmos, era natural a passagem para o alexandrino sem a cesura mediana. A todos esses versos de Francisca Júlia se podem contrapor outros, sem cesura mediana e com o mesmo ritmo, de algum poeta moderno. Por exemplo, de Ribeiro Couto, em *O jardim das confidências* e *Poemetos de ternura e de melancolia*:

> *O olhar nevoento... o passo lento... sonolento...*
> *E em meio àquele desalinho pitoresco...*
> *Pelos caminhos, levando folhas de cores...*
> *As carícias delicadíssimas da essência...*

Índice

Nota editorial 5
Prefácio 7
Luís Delfino 19
   Cadáver de Virgem 21
   Capricho de Sardanapalo 22
   O Anjo da Fé 22
   Mulher Triste 23
   In Her Book 24
   Os Seios 24
   Depois do Éden 25
   Ubi Natus Sum 26
   Sós 26
Machado de Assis 29
   Círculo Vicioso 31
   Uma Criatura 32
   A Artur de Oliveira, Enfermo 33
   Suave Mari Magno 35
   A Mosca Azul 36
   Soneto de Natal 38
   No Alto 39
   A Carolina 39
Luís Guimarães 41
   O coração que bate neste peito 43
   O Esquife 44
   Visita à Casa Paterna 44
Teófilo Dias 47

A Matilha	49
A Voz	50
Latet Anguis	51
O Leito	52
A Estátua	53
Saudade	53
Spleen	54
Os Seios	55

CARVALHO JÚNIOR 57
Profissão de Fé	59
Nêmesis	60
Antropofagia	60

ARTUR AZEVEDO 63
Arrufos	65
Soneto Dramático	66
Impressões de Teatro	66
À Minha Noiva	67

FILINTO DE ALMEIDA 69
Balada Medieval	71

ALBERTO DE OLIVEIRA 73
Vaso Grego	75
Vaso Chinês	76
Aspiração	76
Sírinx	78
Taça de Coral	80
Flor Santa	80
O Muro	82
A Que Se Foi	82
Visio	84
Sob um Salgueiro	89
Sonho	89
Vem! Inda em mim amor com que eu te queira,	90
Magdala	90
O Ninho	91
Hino à Lua	92
Alma em Flor	95
PRIMEIRO CANTO	95
Foi... Não me lembra bem que idade eu tinha,	95
Sei que um perfume intenso em tudo havia.	96
Que ânsia de amar! E tudo o amar me ensina;	96
Vem! Se ao meu peito alguém colasse o ouvido,	97

Por esse tempo sabedor um dia 98
Mas continuava ininterruptamente 98
Que noite! O coração mal o contenho, ... 99
Efeito foi, talvez, da prece ardente 99
Graças! podia, enfim, sair lá fora 100
Foi, talvez, nessa hora 100
Chegou, mas tarde. Eu despertei, sentindo 101
SEGUNDO CANTO 101
Com as toscas rodas brutas e puxados 101
Apareceu. Que sobressalto ao vê-la! 102
Não direi mostre ao sol o cardo agreste 102
Quis ver, depois de rápido passeio, ... 103
A mata virgem, desgrenhada aos ventos, ... 104
Em torno à mesa que ante nós se estende, ... 105
Aquele braço nu e aquela espuma 105
Contai, arcos da ponte, ondas do rio, ... 106
Divina febre, cedo o ardor divino, ... 106
Uma noite (até ali nunca o proveito 107
Ouvi-lhe um dia (acode-me à lembrança 107
Flores azuis, e tão azuis! aquelas 108
De uma feita era em rancho estreito e pobre: 108
Mas se eu era criança! Ela o dissera! 109
TERCEIRO CANTO 110
Embala-me, balanço da mangueira, ... 110
Assim cismando, à toa, ... 110
Cajás! Não é que lembra à Laura um dia 111
Um chão de folhas sob um céu de flores, ... 111
Perto demorava 112
— "Estou cansada". 113
Trouxe-lhe eu outros frutos, e melhores, ... 113
Saí. Da gruta próxima o recanto 113
Perco-me entre os cipós longos, tecidos, ... 114
Do cipoal torso, enfim, desato os laços 115
Chego. Ela estava meio reclinada 116
Depois... nada depois, nada! senão 117
Depois... Um dia, choros na varanda. 117
Depois... Horas da tarde, há quem vos diga 118
Depois... Não a vi mais. Existe ainda? 119
Parado o engenho, extintas as senzalas, ... 119
Los Sueños Sueños Son 120
Depois do Aguaceiro 120
Fonte Oculta 121
Dentro da Noite 122

A Voz das Árvores	122
Cheiro de Espádua	123
Expressão de Olhar	124

ADELINO FONTOURA 125
Atração e Repulsão	127
Celeste	127

B. LOPES 129
Magnífica	131
Esmeralda	132
Velho Muro	132
Só	133
Andorinha	133
Per Rura	135
Coração de Maria	135
Paraíso Perdido	136
Maria Antonieta	137
Suprema Rosa	137
Vas Honorabile	138
Quando Eu Morrer	138
A Partida	139
Berço	140
Minha Doce Amiga	140
Último Lírio,	141

AUGUSTO DE LIMA 143
No Mar	145

JOÃO RIBEIRO 147
Soneto	149
Simples Balada	150

RAIMUNDO CORREIA 151
Ser moça e bela ser, por que é que lhe não basta?	153
As Pombas	154
O Vinho de Hebe	155
Tristeza de Momo	155
O Juramento	156
Desdéns	157
Ária Noturna	157
Anoitecer	158
A Cavalgada	159
No Outono	159
Fascinação	160
Peregrinas	161

Sóror Pálida	161
Peregrina	162
O Monge	163
Plenilúnio	164
Pélago Invisível	166
Saudade	166
Mal Secreto	167
Fragmento das "Harmonias de Uma Noite de Verão"	168
Beijo Póstumo	169
Banzo	169
Job	170
Vana	172
Ondas	172
Bálsamo nos Prantos	174
Balata	175
A Luís Delfino	176
No Salão do Conde	176

RAUL POMPÉIA 179

Negro, morte	181
Rosa, amor	181
Há também nas almas o incolor diáfano do vidro.	182
A Noute	182
Esperança	183
Rumor e Silêncio	183

VENCESLAU DE QUEIRÓS 185

Beata Beatrix	187

COELHO NETO 189

Da "Pastoral"	191

OLAVO BILAC 193

Profissão de Fé	195
Da "Via-Láctea"	200
Como a floresta secular, sombria,	200
Em mim também, que descuidado vistes,	200
De outras sei que se mostram menos frias,	201
"Ora (direis) ouvir estrelas! Certo	201
Tu, que no pego impuro das orgias	202
Por tanto tempo, desvairado e aflito,	203
Satânia	203
Sahara Vitae	207
Nel Mezzo del Camin...	208
A Tentação de Xenócrates	208

Virgens Mortas 215
In Extremis 215
Pecador 216
Surdina 217
O Caçador de Esmeraldas 218
    I 218
    II 220
    III 223
    IV 225
Carta de Olimpo 227
Língua Portuguesa 230
Música Brasileira 231
O Vale 231
Os Rios 232
As Ondas 232
O Tear 233

VICENTE DE CARVALHO 235
Velho Tema 237
Pequenino Morto 241
Sugestões do Crepúsculo 243
Fantasias do Luar 247
Palavras ao Mar 251
Carta A V. S. 255
Cantigas Praianas 259
Sonetos 260
Olhos Verdes 261
Desiludida 262

GUIMARÃES PASSOS 265
Na terra estava quando te queria 267
Pubescência 267
Guarda e Passa 268
Mea Culpa 269
Vilancete 269
... Depois 270

PEDRO RABELO 273
Página 102 275

ZEFERINO BRASIL 277
De leve beijo as suas mãos pequenas, ... 279

CARLOS MAGALHÃES DE AZEREDO 281
Despedida 283

JÚLIO SALUSSE 285

O Olhar da Morta	287
Cisnes	287

FRANCISCA JÚLIA 289

Rústica	291
Inverno	292
Noturno	292
Natureza	293
Ângelus	293
Pérfida	294
Visão	295

NOTAS 297

Luís Delfino	299
Machado de Assis	301
Alberto de Oliveira	302
Raimundo Correia	303
Olavo Bilac	304
Raul Pompéia	307
Vicente de Carvalho	307
Francisca Júlia	307

Este livro foi impresso na cidade de São Paulo,
em julho de 1996, pela gráfica Hamburg
para a Editora Nova Fronteira.
O tipo usado no texto foi Perpetua, no corpo 10.5/12.
A diagramação do miolo e os fotolitos do miolo e da capa
foram feitos pela Minion Tipografia Editorial Ltda.
O papel do miolo é offset 75g,
e o da capa, cartão supremo 250g.

Não encontrando este livro nas livrarias,
pedir pelo Reembolso Postal à
EDITORA NOVA FRONTEIRA S.A.
Rua Bambina, 25 Botafogo CEP 22251-050 Rio de Janeiro